CW00530898

EL BARCO  DE VAPOR

El corazón del diablo

Blanca Álvarez

Colección dirigida por Marinella Terzi
Imagen de cubierta: Federico Delicado

Joaquín Turina, 39 - 28044 Madrid

ISBN: 84-348-9505-6
Depósito legal: M-15724-2003
Preimpresión: Grafilia, SL
Impreso en España / *Printed in Spain*
Imprenta SM - Joaquín Turina, 39 - 28044 Madrid

Para la Biblioteca La Chana, que vi nacer;
para Ángeles Jiménez Vela, que la soñó,
ladrillo a ladrillo, libro a libro.

1

—VENGA, dormilón, vamos a llenar el estómago y vaciar vísceras.

A Eduardo le cuesta abrir los ojos, llevan varias horas de viaje y le parece haber atravesado un mundo entre brumas inconscientes. Todos los meses de julio, su padre, gallego de alma; su madre, andaluza enamorada del Norte, y él, un híbrido de dos culturas que se parecen en sus diferencias, viajan hasta Viveiro. En cierto modo, todos los años vagan hacia el pasado, hacia la infancia de Nicanor, el padre; hacia un lugar donde las cosas adquieren otra importancia y se viven a otra velocidad.

Cada verano es una peregrinación al mundo de las historias: increíbles, divertidas, trágicas... Historias almacenadas en la memoria de sus abuelos.

Sabe que, cuando lleguen al pueblo, el cielo dejará de brillar azul para esconderse tras un gris plomo casi permanente. Él, al igual que su madre, ha nacido en Málaga y necesita esa luz abierta a raudales hasta cubrir la sombra de cualquier rincón; sin embargo, aquella tierra de agua deja en los tres viajeros el ánimo esponjado y el cuerpo sin tensiones. La mejor receta médica, afirma su madre. Todos los años viajan al Norte, a ese pueblo de la costa gallega donde su padre guarda los recuerdos de su infancia como si de tesoros marinos se tratara. Tesoros que habrá de heredar Eduardo.

—Tengo hambre -dice frotándose el estómago. Aún son los cielos castellanos quienes los cobijan. Aún no ha desaparecido la luz.

—La verdad es que no sé en qué transforma este niño todo lo que traga, porque está flaco como el palo de una escoba.

—En fibra, mamá, en fibra.

Al niño le gustaría que sus padres se decidieran a tener más hijos, pero como los dos trabajan y su madre se niega a renunciar a la vida laboral para regresar al mundo doméstico, pues se imagina, a sus diez años recién cumplidos, que habrá de buscarse hermanos en la imaginación.

—Yo comeré una ensalada para no dormirme.

Nicanor, su padre, aunque no lo confiese,

cada vez que inician el viaje a su tierra, siente el ruido de una centrifugadora en el estómago que le impide comer.

—Tranquilo, te sustituiré un rato al volante.

Eduardo se siente afortunado. Sus padres se quieren y se respetan. Supone que tendrán sus días de nubarrones, pero no logra imaginarse viviendo como alguno de sus compañeros, repartido entre trifulcas. Si algún día aquella familia mínima se desperdigara, al menos contaría con que ellos, sus padres, continuasen respetándose.

—Mira -le dijo su padre unos días antes, cuando su amigo Kevin andaba de cabeza entre los trastos que sus progenitores se tiraban entre sí–, el amor puede terminarse, nadie garantiza su eternidad, hijo, pero te aseguro que tu madre y yo seguiremos sintiendo ese cariño, profundo como un pozo hasta el centro de la Tierra, que nos evitará lanzarnos a la yugular del otro como si fuéramos perros de pelea.

—El amor por los hijos ¿también se acaba? -desde hacía unos meses, al chico le producía sudores imaginarse desamado.

—Viene sin fecha de caducidad, hijo.

—Ya.

Resultaba tranquilizador, aunque algunos

compañeros creyeran lo contrario. Con los adultos era difícil entenderse.

Él no tiene que conducir, así que llena el estómago sin fondo con varios platos de los cuales no queda ni resto.

—Este niño es una ruina –bromea su padre.

Aún quedan varias horas para llegar a Viveiro, a la casa de piedra cuyos muros tienen un grosor de metro y medio, donde nació su padre y viven los abuelos.

—¿Qué novedades hay del tío Juan? –pregunta Rocío.

Sus padres esperan a creerlo dormido para hablar del tío Juan, como si su soledad y su historia pudieran hacerle daño. Los padres siempre andan poniendo algodones en los oídos y en la vida de los niños como si estos no se enteraran de nada o fueran frágiles copas de cristal.

—Ya sabes, se niega a ir al médico y a dejar de liar sus cigarrillos.

—No creo que te haga ningún caso.

—Pues imagino que no, pero estoy obligado a intentarlo. Ya sabes que en casa siempre se le consideró uno más.

—Pobre Marina.

Al chico le encantaría preguntar por la pobre Marina, pero tendría que descubrirse despierto. Siempre que su madre habla de aquella desconocida añade un "pobre" como si formara parte del nombre. Eduardo ha visto fotos de la hermana de su abuelo, allí en la casa de piedra, retratos en blanco y negro que el tiempo ha transformado en sepia, donde se vislumbra una sonrisa triste y unos ojos inmensos mirando al vacío, a un lugar solo entrevisto por ella. *Verdes, los ojos de mi hermana eran verdes como el mar de los Sargazos.* Y el abuelo Alfredo escondía el temblor de una lágrima que jamás resbalaba por sus cuarteadas mejillas.

El mar de los Sargazos es uno de los muchos nombres mágicos que rodeaban la vida del abuelo y de otros antepasados que Eduardo no ha llegado a conocer. También del tío Juan, aunque no sea tío de ninguno. Toda una saga de marinos que conocieron la generosidad y la tragedia de los mares y llegaban a casa con el recuerdo de nombres de misterio y aventuras: mar de Alborán, el Gran Sol, mar Negro, las islas Penedos, las Feroe... Eduardo aún no lo ha dicho, pero desde que tiene memoria sueña convertirse en un intrépido marino, como el abuelo, como el falso tío Juan, y seguir los pasos de sus antepasados a través de todas las historias escuchadas en aquella cocina donde siempre está encendido el fuego para poder poner café en cualquier momento, donde él se duerme, con los brazos haciendo de almohada, contra la mesa de madera, mientras escucha, una y otra vez, las cien mil andanzas del mar. Ser un aventurero para luego escribir. Marino y escritor, piensa decidido.

—La mar, *meu neno* –suele insistir el abuelo–. Para los marineros siempre es una mujer. Tan bella y desconocida como la más hermosa de las mujeres: la amas, la necesitas, la persigues; de ella viene la vida y también puede abrazarte para morir. Es el tributo que debemos abonar los hombres del mar.

Se va quedando dormido, mientras recuerda la voz dulce y grave del abuelo, y sus intentos para ver si, de una buena vez, descubría alguno de los secretos que se ocultaban tras la foto amarillenta de Marina, tras el mutismo casi absoluto de tío Juan.

Sueña entre sobresaltos con la foto de aquella mujer sin recuerdo en su memoria infantil; en su pesadilla, la mujer sale de la imagen fijada y tiende una mano hacía él. Ella hace esfuerzos para comunicarle algo, pero no es de carne, sino de bruma, y su boca no emite ningún sonido. La mano avanza en dirección a la mejilla de Eduardo, su boca gesticula muda, pero en sus ojos puede leerse, claramente, el urgente deseo por contarle algo, tal vez avisarle de algún peligro, tal vez descifrar el secreto del viejo marino Juan...

Despierta sobresaltado y sudando. El cielo ya no es ni el de Málaga ni el de Castilla; se muestra lechoso, tamizado por unas nubes en forma de losa que transforman el azul celeste en algo parecido a un techo de agua mezclada con leche.

—¡Por fin ha abierto los ojos! –ahora es Rocío quien conduce mientras su padre dormita en el asiento del copiloto–. Estamos llegando; menudo olfato, chaval.

Eduardo baja la ventanilla y lo sobresalta el olor a tierra húmeda, a pinares, y el recuerdo lejano de la sal marina.

—Me gusta este olor.

—A mí también. Cada vez que regreso entiendo un poco más la nostalgia de tu padre por su tierra. Aquí lo llaman morriña.

—¿Morriña? –una palabra nueva para su libreta verde.

—No es fácil traducirlo. Las palabras nacen en una determinada tierra, las inventan las gentes de ese lugar para explicarla y explicarse... Cada idioma tiene secretos cerrados como conchas marinas.

—Y cada palabra es una perla.

—Sí, hijo, pero una perla difícil de trasladar a otra concha, es decir, a otra lengua. Verás, decir morriña es decir nostalgia, tristeza, añoranza... Pero también ternura y alegría...

—Ya sé, es como cuando lloras, pero de contento.

—No se me hubiera ocurrido nada mejor para explicarlo.

Rocío mira a través del retrovisor a Eduardo. Crece, se va alejando de esa infancia donde todo tiene que ser explicado y masticado por los padres; ahora, su hijo forma sus propias opiniones, piensa en asuntos que ya no le cuenta. Y a veces se queda con la mirada perdida en algún punto del horizonte adonde ella, su *mami* de otros tiempos, ya no logra llegar. Es difícil entender ese mundo de Eduardo, nadando entre dos corrientes de agua contrarias: aún puede ser el niño asustado que reclama refugio y consuelo, pero también es un secreto tan cerrado como aquellas conchas preñadas de palabras que no se pueden forzar y es necesario esperar a que ellas mismas se abran cuando lo deseen.

—¡Qué mayor eres! –suspira Rocío, y Eduardo, que está a punto de contarle la pesadilla con la foto muda de Marina, decide que sí, que es mayor para tener sus propios secretos. Lo anotará en su cuaderno verde, el refugio de asuntos tan diversos como palabras nuevas, historias a investigar, cuentos maravillosos... La libreta de quien, tal vez, algún día, transformará la tradición familiar de las narraciones orales en narraciones escritas para otros niños, niños que no tengan la cocina de los abuelos y todas las viejas anécdotas que es necesario preservar del olvido.

2

NADA cambia en casa de los abuelos. Hasta las vacas parecen ser siempre las mismas, con los mismos ojos redondos y oscuros como dos pozos de petróleo petrificado donde guardan todas las imágenes de la familia, de los montes, incluso puede que también las de ese mar capaz de salar la hierba; idénticas resultan las gallinas con el parloteo un tanto imbécil; los muros bañados por el humo de la cocina, la lluvia casi permanente y el musgo escondido entre sus grietas. Los abuelos, Aurelia y Alfredo, también parecen fabricados en arcilla inalterable. Alguna vez, Eduardo ha pensado en contar las arrugas de sus rostros para comprobar, al verano siguiente, si conservan el número.

Como todos los años, intenta mantenerse despierto por entre la musical cháchara de los abuelos y el padre, que recupera el acento nada más poner los pies en el porche de piedra de la casa. Rocío es la nota musical de otro instrumento. El largo viaje ha dejado su cuerpo descoyuntado y agotado. Alguien lo sube a su cuarto, le viste el pijama y lo deja sumido en un sueño ciego.

Desde la casa de los abuelos no puede verse la pequeña vivienda del tío Juan. Su último pensamiento ha sido ir a verlo al día siguiente con su padre. En la cocina, también es el tío Juan el centro de la conversación.

—Dudo mucho que me haga ningún caso, mamá.

—Ya, siempre anduvo a su aire –dice Aurelia preparando un nuevo puchero de café.

—No sé cómo puede tomarse tanto café y dormir como su nieto –comenta entre bostezos Rocío.

—A mi edad se duerme poco, hija, pero tampoco es necesario. Prefiero robarle minutos a un sueño inútil y hablar con vosotros... Aunque imagino que estaréis agotados.

—Siempre fue como las lechuzas –añade Alfredo–. Daba igual que tuviera que levantarse con el sol, ella siempre fue la última en acostarse. Debía de pensar que sin su última mirada sobre las cosas y las personas, no llegaba la tranquilidad a la casa.

—Infundios –y Aurelia bate el aire con las manos para borrar las palabras de su marido–. Volviendo al tío Juan, conseguimos que don Eladio fuera a verlo...

—Verlo sí, porque él ni se dejó tocar –añade el abuelo.

—Le bastó a don Eladio la tos para saber que está mal, muy mal.

—Pero no deja de fumar, no. Ese hombre jamás hizo caso a nadie desde que se volvió loco.

—Nunca estuvo loco, Alfredo –lo defiende Aurelia–. Lo suyo fue un dolor muy grande.

—Bueno, yo no puedo con mi alma. Los dejo hablando.

Rocío sube a la cama con los ojos apenas abiertos, por pura memorización de las antiguas escaleras de roble; conoce el gusto de Nicanor por aquellas charlas nocturnas con sus padres, que terminan siendo a solas con su madre, por retirada de Alfredo. Sí, es tan noctámbulo como Aurelia. Sonríe sabiendo que, en gran medida, su marido recupera lo mejor de su infancia en aquellas charlas hasta casi el alba.

—Tal vez desee morirse –dice Nicanor.

—Morir ha de tocarnos a todos, hijo, pero

si no se cuida, puede morir ahogado y sufriendo como un condenado; esa no es forma humana de morir. Como ella.

Guardan silencio. Sin nombrarla, los dos se referían a Marina, la hermana pequeña de Alfredo, la prometida del tío Juan hasta la tarde en que este regresó para romper la promesa matrimonial. La pena fue minándola, y la tisis, tan corriente y mortal por aquellos años, la arrastró con su ensangrentada mano hasta una muerte lenta y triste, tan solo dos años después de la extraña y lacónica despedida de Juan.

—Lo intentaré –accede Nicanor.

De antemano conoce el resultado de su intento: el silencio hosco del tío Juan, tal vez alguno de sus accesos de enfado que lo llevan a caminar horas por el monte, nunca por la hermosa playa adonde mira su pequeña casa encalada. Los paseos cerca del mar son síntoma de buen humor, de tardes con bellos recuerdos. Por el monte, como afirma su padre, se camina para espantar la rabia.

Nicanor cree que todo hombre ha de ser libre para elegir irse en brazos de la parca sin alargar las agonías, sin permitir que la ciencia prolongue una vida que ha dejado de serlo por voluntad del divino destino. El tío Juan lleva casi toda su vida esperando reunirse con Ella para contarle, en la inmensidad infinita, las razones que no le contó en su día.

—Su dolor no es físico –murmura.

—No, hijo, al tío Juan le duelen heridas que no curan los médicos, por más que tu madre se empeñe en prolongar su tiempo entre nosotros. Él tiene fijado el suyo como todos los demás. Ni se me ocurriría ir contra lo que Dios decide –Aurelia trata de defender su postura–. Tan solo quiero evitarle una muerte horrible.

—Tal vez sea la que le corresponde, mujer.

—¡Bah, hombres! Si por vosotros fuera...

—Mamá, déjalo ya. Mañana iré a primera hora de la mañana.

Nicanor hubiera dejado su puesto con gusto. Pese al cansancio por el largo viaje, siente el desvelo de las noches sin descanso.

Le cuesta encontrar el sueño. Es una larga noche en blanco por la cual viaja toda su remota infancia: las caminatas a la vieja escuela que ya no se utilizaba y los paseos, silenciosos a menudo, sintiendo la mano grande y fuerte del tío Juan sosteniendo la suya. Alguna vez hubo de partirse el pecho y los dientes defendiendo al extravagante marino con un pulpo tatuado en su brazo de las burlas de sus compañeros.

Una vez había caído en sus manos un libro que contaba la historia de un gigante, solitario y rodeado por el miedo de todos, dueño de un fabuloso huerto lleno de manzanos. Ningún niño se atrevía a robar las olorosas manzanas del gigante. Durante las noches, los vecinos escuchaban a través de la tapia del huerto algo similar al llanto de un bebé. «El gigante cena niños que anda robando por los pueblos», afirmaban los ancianos del lugar mientras las madres protegían las cunas de sus hijos más pequeños. Un día, uno de los niños, al regresar a casa, terminó perdido en el interior del huerto; al caer la tarde, se quedó dormido bajo uno de aquellos manzanos cargados de frutos que nadie robaba. El pequeño despertó sobresaltado al escuchar el llanto de un bebé muy cerca; temblando de miedo, buscó el origen de aquel gimoteo... Casi tropieza con el gigante, acurrucado bajo otro de sus hermosos frutales y sollozando de soledad y tristeza.

—Los gigantes siempre están solos –se dice Nicanor recordando al tío Juan de su infancia.

3

—¿VIENES en son de paz o tengo que largarte a patadas?

Eduardo aprieta la mano de su padre. No logra acostumbrarse a la voz aguardentosa del tío Juan; tal vez por hablar poco, tal vez por los años de tabaco y gritos en alta mar, las palabras, siempre pocas, retumban contra el aire y los graznidos de las gaviotas que sobrevuelan la playa, como tambores guerreros. Nicanor sonríe, aquel hombre no conseguirá asustarlo nunca. Siempre permanecerá en su memoria la imagen del hombretón que le enseñó, con ternura infinita, los caminos de la mar. Conoce el secreto del gigante que sollozaba bajo los manzanos.

—Depende –contesta mientras su hijo trata de esconderse tras su espalda–. En principio vengo a verte, después quisiera saber cómo estás.

—Bien –otro sobresalto en Eduardo–. No

pienso consentir que ningún galeno recién salido de la facultad venga a estropear el curso de la naturaleza. Y mucho menos que venga a darme órdenes sobre cómo debo vivir.

—Ya.

—Todos tenemos que morir. Por suerte no somos inmortales.

—Por suerte.

A Eduardo le sorprende aquella calma de su padre. Imagina las docenas de argumentos que sería capaz de esgrimir si, por ejemplo, a él se le ocurriera decidir una mañana no asistir al colegio. ¿Qué cosa será un galeno? Y anota mentalmente la palabra para preguntar en otro momento. El tío Juan suele utilizar palabras rarísimas, aunque su madre afirma que son bellísimas expresiones, poco usadas por pura ignorancia, incluso puede que condenadas a desaparecer a causa del escaso uso que se hace de las mismas. Cada visita al pueblo supone un buen incremento de sonoros vocablos en su libreta verde.

—Pues eso –y el tío Juan da por terminada cualquier discusión sobre la necesidad de visitar a un médico–. ¿Quién es el enano que se oculta a tu espalda?

—Lo asustas –Nicanor ríe con ganas–; y no

es fácil, no es un chico al cual pongan a temblar los monstruos de los libros o las películas...

—Es listo el rapaz. Los monstruos están en otro lugar.

«¿Dónde estarán?», piensa Eduardo. «¿Los conocerá personalmente el tío Juan?».

—Los conozco, rapaz, los conozco –el tío parece haber escuchado los pensamientos del chico–. Eres Eduardo.

—Sí, señor –contesta el chico asomando algo la cabeza.

—Ni soy militar ni me gusta el tratamiento.

Pues sí que es difícil comunicarse con ese anciano que fuma sentado en una silla, apoyados los brazos en la mesa de madera que sirve para comer, leer los extraños libros que cubren un anaquel al fondo de la estancia, e incluso para colocar los barcos que construye el tío Juan, con una paciencia impensable para su estatura y una pericia imposible para sus enormes manos. La casa es muy pequeña: un cuarto donde apenas entra un armario, una cama no demasiado holgada, un arcón de madera, labrado con extrañas figuras y rematado con esquineras de bronce; la cocina donde ahora hablan y donde se hace la casi totalidad de la vida social y privada del hombre, con una vieja chapa de hierro que sirve, además de para cocinar, para calentar la casa y el agua; finalmente, un cuarto de baño, añadido en un lateral pocos años antes tras la larga insistencia de su padre y su abuela.

—Déjame ver cuánto has crecido en un año.

Eduardo duda un poco antes de dar dos pasos de hormiga al frente, sin soltar la mano de su padre.

—Eres guapo como tu madre, en eso sales ganando; pero tienes los ojos de Ella.

Tío Juan baja la cabeza, una pena muy vieja danza de nuevo en torno a su figura. No hace falta explicar a quién se refiere; para toda la familia, Marina, la joven mujer de la foto amarillenta, pocas veces es recordada por su nombre, tal vez para evitar la desazón de su evocación.

—¿Por qué no vas a dar una vuelta por la playa? Nosotros tomaremos café.

No es necesario que su padre insista. De golpe, ese viejo de voz cavernosa y terrible semeja un gigante mortalmente herido. A los titanes no les gusta ser observados cuando andan vencidos. Eduardo no desea humillar al tío Juan. Pese al terror que le provoca algunas veces, siente el mismo fondo de ternura expresado por toda su familia hacia el falso pariente.

—Vale.

Se va tratando de recordar dos cosas: la primera, aquella palabra, "galeno", para preguntar a su madre el significado; la segunda, averiguar por qué el tío Juan lleva un enorme pulpo negro tatuado en su brazo derecho, tan enorme que le cubre desde el hombro hasta el codo. No recuerda haberlo visto antes, pero es que "antes" a Eduardo aún le pasaban inadvertidas muchas cosas.

—"Galeno" significa médico, cariño –explica su madre mientras ella y el abuelo preparan la mesa–. El nombre viene de un gran médico griego, que vivió dos siglos antes de nuestra era y cuyas teorías se aplicaron hasta hace pocos siglos. Y el pulpo del tío Juan es, en realidad, la historia de su vida, Eduardo, pero esa le corresponde contarla solo a él.

—La historia de su vida y de nuestra desgracia –sentencia el abuelo Alfredo.

Aquello resulta cada vez más misterioso. Todos en la familia quieren al hombre solitario que ha convertido en su hogar un almacén para redes de pesca, alguien tratado como un hermano pero sin ningún vínculo concreto con ellos, pese a ser los únicos "parientes" que le quedan en el mundo; todo parece relacionarlo con la hermana del abuelo, Marina, la mujer muerta demasiado joven para mantener tan fresco el recuerdo en todos, la del retrato en sepia cuyos ojos ha heredado Eduardo... Y ahora resulta que el pulpo tatuado en su brazo viene a ser algo así como el mapa de su vida. Eduardo decide investigar el misterio; ni sus padres ni sus abuelos parecen dispuestos a darle más información.

—Pues no veo yo que un pulpo... –murmura para provocar una reacción en su madre–. ¡Con lo rico que está preparado por la abuela!

Ni Rocío ni Alfredo caen en la trampa del chico, pero sonríen recordando sus propias curiosidades infantiles y lo mucho que costaba ser tomado en serio por los adultos.

Aurelia y Nicanor entran cargados de lechugas y manzanas. Todos han parecido olvidar al tío Juan. Todos menos Eduardo, cada vez más interesado en el misterio de su vida y en aquel conocimiento intuido en la escasa conversación sobre los monstruos auténticos.

4

DESDE ese día, Eduardo logra escabullirse de excursiones, playa y todo tipo de actividades familiares para dedicarse a expiar al viejo del tatuaje. El hombre apenas sale de casa, como no sea para atender el breve huerto o dar, todas las tardes, un largo paseo por el acantilado que rodea la playa, cubierto de pinares que parecen conversar con las olas. Al mar ni se acerca, tampoco a las escasas barcas y a sus pescadores cuando llegan cargados de brillantes sardinas o cuando, al atardecer, repasan las redes y fuman en grupos. Tío Juan rehúye el contacto con los otros como si le produjera graves alergias. Durante dos días, y salvo en horario de comidas y sueño, el chico se convierte en una sombra del hombre. Una sombra invisible, o al menos eso cree.

Hasta la mañana del tercer día, cuando, tras comprobar que no trabaja en el huerto ni su figura se recorta sobre el acantilado, Eduardo se arrastra bajo la ventana de la cocina y asoma el flequillo y los ojos...

—¿Me espías?

A su espalda retumba el vozarrón del hombre, y el chico desea volverse invisible mientras traga saliva y trata de convertir en palabras el nudo de su garganta. Lo mira sin atreverse a levantarse: con el sol a su espalda, la figura del viejo marino retirado le parece al chaval la imagen misma de un gigante dispuesto a descuartizarlo.

—No –logra musitar tras varios tragos de saliva.

—¿Y por qué no entras de frente y como las personas civilizadas?

Una buena pregunta si Eduardo tuviera una respuesta. Dudas y preguntas le sobran, pero no parece el momento de plantearle todas las incertidumbres acumuladas en su cabeza.

—Mira, rapaz, yo he peleado con monstruos, incluso he clavado mi arpón en los tres corazones del diablo... Pero jamás me he zampado niños.

Lo dice mientras se va inclinando sobre el chico y comprueba el temblor de sus rodillas arañadas por los troncos de los árboles.

—Por cierto, a ver si aprendes a subir a los

árboles sin desgraciarte –y suelta una ligera carcajada que tranquiliza a Eduardo. Al menos, ríe como el resto de los mortales.

—Sí... –iba a añadir "señor", pero recuerda que ni es militar ni le gusta el tratamiento.

—Anda, ven.

Y sin esperar a comprobar si lo sigue, el hombre entra en la cocina y se pone a trajinar sobre la chapa de hierro.

—¿Ya has desayunado?

—Sí.

El hombre se da la vuelta, tose un poco, pone los brazos en jarras y pregunta:

—¿Conoces alguna palabra más?

—Sí.

Y los dos ríen como si fueran conocidos camaradas de la infancia.

—Prepararé un buen chocolate. No será tan bueno como el de tu abuela Aurelia, pero las buenas conversaciones necesitan el olor y el sabor de algo delicioso para el estómago. Aunque luego vengan los galenos a prohibirlo todo...

—Médicos.

—¡Vaya, pues sí que habla el rapaz!

Poco a poco, la cocina se va impregnando de un grato olor a chocolate que se mezcla con el fuerte perfume de algas y salitre que invade la cocina. No hace mucho calor, aquella es una mañana de sol desmayado jugando al escondite con pequeñas nubes que, poco a poco, van engordando y oscureciéndose.

—Lloverá -dice tío Juan–. Me duele la rodilla, y eso es siempre señal de lluvia.

—¿Las rodillas saben de meteorología?

—No, chaval, saben de cicatrices y dolores. Eres demasiado joven, *neno* -esa palabra, tan utilizada por sus abuelos, es una de las favoritas de Eduardo, una de esas palabras que, para siempre, tendrán sabor a veranos gallegos–. Con los años, cuando algún accidente te haya roto un hueso o dejado una profunda cicatriz en el cuerpo, conocerás por ella los cambios del tiempo. En el fondo, somos como los animales, capaces de oler las tormentas con horas de antelación o notar la vibración de un terremoto a cientos y cientos de kilómetros y cuando aún no se mueve ni la hoja de un árbol...

—¡Ah!

—Son leyes de supervivencia, chaval. Nosotros necesitamos haber sido heridos para recuperar el conocimiento a través de ellas; es como si quisieran protegernos porque ya somos un poco más débiles...

Eduardo no comprende exactamente el mecanismo del cual habla el hombre, pero bebe sus palabras con la sed infinita de los niños por todas las historias.

Esa mañana, Eduardo no pregunta ni por monstruos ni por el pulpo negro tatuado en su hombro. Escucha consejos para trepar a los árboles, conoce las diferentes formas que puede llegar a adquirir el chocolate... Y comprueba que, a mediodía, la rodilla del tío Juan ha acertado y llueve con cierta desgana, pero sin tener previsto dejar de hacerlo en varias horas.

—Vete a comer, que andan esperándote, y lleva el paraguas que cuelga tras la puerta.

—¿Puedo volver por la tarde?

—Si quieres.

—Quiero.

Y se va corriendo. El hombre queda sumido en la penumbra falsa de un mediodía nublado, con la imagen de esos ojos averdosados del *neno*, tan idénticos a los de Marina. Por momentos teme acostumbrarse a la presencia de ese niño que partirá, como todos, finalizado el plazo de las vacaciones, se duele de antemano del abandono; después decide que tampoco le queda demasiado tiempo en esta tierra... Ese *neno* puede ser el heredero perfecto de su lucha contra el diablo.

—Las historias perviven si alguien las recuerda –murmura sin evitar un peso en el estómago y una punzada muy aguda en su rodilla derecha–. Esto me queda como recuerdo –dice hablando con quien no está ni en esa cocina, ni en ese pueblo, ni siquiera en el mundo de los vivos–. Pero yo te gané la partida.

Un ataque de tos está a punto de ahogarlo. Tarda varios minutos en recuperarse y lo hace empapado en sudor y malos presagios.

—Tendré que ducharme para que este olor a muerte y miedo que ahora desprende mi piel no asuste al *neno*.

Sonríe, recoge las tazas manchadas de chocolate y entra en su cuarto a buscar ropa limpia.

—Tal vez sea hoy la tarde elegida.

Y sus dedos repasan los grabados del arcón como si necesitase recordar imágenes que, en realidad, jamás se han borrado de su memoria, donde permanecen intactas, brillantes y olorosas; por ellas no han transcurrido los cincuenta años que las distancian del presente.

De algún modo, el hombre imagina el punto final de sus días en el mismo segundo en que otros oídos escuchen el último latido del monstruo derrotado por él, *a un precio demasiado alto*, piensa. Los hombres pocas veces deciden los pasos del destino, sobre todo quienes viven del mar y sus caprichosos designios.

Decide esperar la llegada del chico puliendo el armazón de un barco pesquero: la copia exacta del *Rosa del Mar*. Enrolado en aquel viejo barco, a las órdenes del capitán Rogelio Piñán, cumplió su venganza.

No siente los pasos de Eduardo, ni el violento jadear de sus pulmones.

—Mi abuela te manda un regalo.

El tío Juan levanta los ojos de la maqueta, sorprendido por no haber escuchado llegar al chico. Años atrás, era muy capaz de descubrir los latidos del mar cuando le rugían las entrañas y amenazaba olas gigantes aunque la superficie pareciera una losa tan quieta como si fuera pizarra.

—Son pezuñas del diablo –Eduardo esperaba un gesto de alegría que no ha llegado.

—Aurelia está convencida de que si ella no me alimenta, moriré de hambre –el viejo se rasca la cabeza–. Anda, pasa y coloca esas pezuñas sobre uno de los platos que están guardados en el armario. ¿Tú tienes hambre?

—No, yo no. He comido un guiso de congrio delicioso.

—¡Manjar de ricos! Hubo un tiempo en que solo los más pobres saboreaban esa carne blanca y espinosa...

—Lo ha preparado el abuelo.

—Nadie prepara mejor los guisos y calderetas de pescado que los marineros, *neno.*

Eduardo encuentra un plato de porcelana azul y coloca dentro los percebes. Ciertamente parecen pezuñas, pero resulta difícil imaginar que el diablo tenga tan escasa planta.

—¿No le cuadran al diablo, verdad?

Ese hombre debe de tener un don para leer los pensamientos, siempre se adelanta a las posibles preguntas; claro que quien ha dedicado su vida a derrotar monstruos debe *saber más que un cura de aldea,* frase que suele repetir el abuelo Alfredo cuando pretende dejar muy claro que alguien tiene conocimientos amplios y profundos sobre cualquier tema.

—En los libros de arte que tiene mi madre en casa he visto cuadros donde el diablo tiene pezuñas, pero se trata de un bicho más alto que un hombre.

—¿Tú crees que el diablo tiene pezuñas?

—¡El diablo no existe!

El chico no logra creerse que un hombre tan curtido en aventuras como aquel pueda afirmar la existencia de un diablo con carne, patas y pezuñas similares a percebes.

—Claro... ¿Te gusta el barco?

Eduardo retira el dedo índice del mismo. Tiene la costumbre de acariciar las cosas hermosas o que le llaman la atención, por raras, por coloristas... No le bastan los ojos para contemplarlas.

—Puedes acariciarlo, ya te he dicho que no desayuno *nenos.* Voy a preparar un café.

Se levanta hasta la chapa de hierro. Anda encorvado y al chico le parece tan viejo como las mareas. Siempre lo ha visto como un gigante atronador, rodeado por una leyenda no demasiado clara sobre su vida; en realidad, allí, en aquella diminuta cocina, inclinado sobre los fogones, se ha transformado en un abuelo más, uno de los muchos que aún repasan redes, fuman y cuentan historias de otras décadas entre carraspeos y cigarrillos de picadura, arrastrando las palabras a la orilla del puerto.

—Seguro que un buen galeno también me prohibiría el café, ¡bah! –hace un gesto con la mano libre tratando de borrar la prohibición–. Este es el barco donde yo navegaba hace más de cincuenta años. El *Rosa del Mar.*

Eduardo sopla sin ruido, ¡cincuenta años, medio siglo, es decir, una eternidad!

—Estas navidades cumpliré ochenta y cuatro años. Son demasiados.

—¡Jo, casi un siglo!

—Un ligero suspiro en la historia del universo, rapaz. El hombre es el breve sueño de alguna estrella.

No entiende bien la frase, pero Eduardo la guarda en su cabeza para anotarla en la libreta verde donde escribe las palabras con sabor a música y las frases que, sin comprenderlas enteramente, le provocan un cosquilleo en el estómago. Tal vez, muchos años más tarde, cuando ninguno de aquellos seres de su infancia caminen por los senderos del mundo, él será el guardián de su historia. Para entonces, también habrá de recordar el nombre de aquel pesquero que ahora habita en el recuerdo del tío Juan y en esa maqueta.

La cocina se vuelve silenciosa, apenas los sorbos de café y el graznido de las gaviotas en la playa cercana rompen la espesura de un aire que navega en otro tiempo, como los ojos fijos del tío Juan.

—Te voy a contar la historia del pulpo negro que llevo tatuado en el brazo –el rostro del chico se ilumina–. Pero no será hoy, y no pongas esa cara. Hay que saber esperar por las historias... Hay que merecerlas.

Eduardo se muerde el labio inferior, un gesto que señala el fastidio por una condición incomprensible para su prisa por conocer. Los viejos se toman las cosas con una calma desesperante para los niños.

—Vete a casa, que tus abuelos ni te ven... Tengo cosas que hacer. Te veré pasado mañana.

—¿Mañana, no?

—Pasado mañana, rapaz. ¡Andando!

5

EDUARDO se va dando patadas a todos los guijarros del camino. Estaba convencido de que esa misma tarde se desvelaría el misterio de una historia silenciada por todos y llena de secretos cuya llave pende de las palabras del tío Juan. Incluso la abuela ha cocido percebes, «porque toda historia merece un buen plato». Nada, se han equivocado todos.

—Dos días.

—¿Hablas solo?

Ha llegado hasta el huerto de sus abuelos sin haberse dado cuenta. Alfredo, sentado en un tocón de castaño, graba la cabeza de un animal en el pomo de un cayado. Con una simple navaja, su abuelo es capaz de crear figuras de un realismo mágico: las termina, sopla sobre ellas para eliminar los restos de polvo, y las cabezas de ardilla, de halcón, de gato, de jabalí o de lobo cobran un atisbo de vida sin movimiento. Todos los viejos de ese pueblo han heredado manos especiales, manos de artista.

—¿Me enseñarás a manejar la navaja?

—Cuando seas un poco mayor.

—¡Ya estamos! Siempre poniendo pegas y retrasando las cosas más importantes.

—¿Quiénes hacemos semejante barbaridad, los viejos?

Un rojo brillante alcanza las mejillas del chico, pero su abuelo suelta una carcajada.

—Tranquilo, rapaz, pero sí, tienes razón: actuamos como si fuéramos a vivir eternamente... Mala cosa para las prisas que se tienen de joven –mira a su nieto–. ¿Qué?, el tío Juan se resiste a contar su "gran batalla", ¿verdad?

—No sabía que la cosa iba de guerras, pensé que iba de pulpos. ¿Tú la conoces?

—Algo... Pero las historias deben ser saldadas por sus dueños. Salvo que se hayan muerto. Y recuerda, rapaz, que los marineros, en realidad, son guerreros en permanente batalla con el mar... Una guerra de enamorados.

En las pupilas de Alfredo se pinta la nostalgia infinita de los marinos viudos, esos que extrañan el balanceo de las olas bajo sus pies y el salitre humedeciendo su piel.

—Entonces, ¿la historia de Marina me la puedes contar?

—Listo el *neno*, sí señor.

El abuelo juguetea un rato con el cayado a medio terminar, allí donde la cabeza espera el soplido final para ganar su alma. Dibuja algo en el suelo antes de responder. Algo que borra con la punta afilada del bastón.

—Hagamos un trato: cuando hayas escuchado la historia del tío Juan, si te quedan dudas sobre Marina, yo mismo te contaré todo lo que quieras...

—¿Qué tiene que ver la vida de un cazador de monstruos con la mujer de la foto?

—La mujer de la foto vivió durante un tiempo entre nosotros, y fue joven, y muy hermosa –la voz de Alfredo se quiebra durante unos segundos–; la muchacha más bella de estos lugares... Y el tío Juan, por entonces, también era joven, ¡y muy apuesto!

—¿Eran novios? –Eduardo piensa que al menos se enterará de algo esa tarde.

—Puede...

—¡Uff!

—No te desesperes. Verás, cuando seas tan viejo como yo, aprenderás a vivir con el paso de los caracoles, despacito y sin prisas: habrás llegado a todas partes.

—¡El paso de los caracoles!

—Pues sí. Bueno, nosotros tratamos de no dejar un rastro de babas como ellos.

Sueltan una buena carcajada. El chico reconoce que los ancianos responden mejor que los adultos jóvenes, incluso a las bromas pesadas; son capaces de reírse de su propia sombra; viven un tiempo donde pocas cosas se toman realmente en serio. O tal vez se ríen por tomárselas muy en serio. En cualquier caso, resulta más fácil entenderse con los abuelos que con los padres.

—Vale, no haré más preguntas.

—Bien. A cambio, te contaré algo divertido. Es otra historia, aunque no hable de monstruos, ni de intrépidos navegantes... ¿Te acuerdas de la casa azul?

—La que tiene dos chimeneas.

—Esa. Por estas tierras todas las casas tienen nombre propio, y casi siempre están vinculadas a una anécdota antigua, o al oficio de sus habitantes...

—O a algún defecto físico, como la casa de los mancos, aunque los que yo he visto no están mancos.

—Cierto, pero el abuelo de ellos, que en paz descanse, volvió manco de la guerra de Cuba... Y les quedó el apodo.

—¿Y para la casa azul no hay mote?

—Sí señor. La casa del barquero.

—Eran barqueros.

—Pues no, eran pescadores, como casi todo el mundo por estos contornos.

—¿Entonces?

El abuelo Alfredo se dispone a preparar uno de sus cigarrillos de picadura. Esa operación le resulta fascinante a Eduardo. Su abuelo tiene una especial habilidad para sostener con una mano el blanco y transparente papel, y depositar con la otra, desde la petaca donde guarda aquellas hebras que huelen a menta, la cantidad necesaria del modo justo; luego, con una sola mano, va enrollando aquel preparado hasta convertirlo en un cilindro perfecto, que enciende con parsimonia y con un viejo mechero de piedra y mecha enrojecida y chispeante, tras varios golpes en la rueda metálica y varios precisos resoplidos en su punta negruzca y requemada. Todo un arte que lleva sus buenos minutos disfrutados como si de una ceremonia sagrada se tratase.

—Por entonces era yo un rapaz de tus años...

Ahora comienza todo... Un viejo sentado en un tocón de castaño y un niño en cuclillas a sus pies mientras la tarde enrojece con la calma que habita aquel lugar perdido entre el salitre del mar y los pinares.

—O sea, que te hablo de los años veinte, que por aquí no fueron ni felices ni más desgraciados que otros. Cuando uno llegaba a la edad de buscarse novia y formalizar relaciones para casarse, era necesario tener algo que aportar a la futura esposa; de lo contrario, ni ella ni sus padres consentirían en la boda. El que tenía una bicicleta, una ocarina...

—¿Qué es eso?

—Una especie de flauta de barro, pequeña y muy cantarina, que servía para avisar de la llegada de los afiladores. Pues eso, una bicicleta, una ocarina, o una armónica –miró al nieto por si tampoco conocía el instrumento.

—Sí, esa la conozco.

—Muy bien. Todo lo dicho y una piedra de afilar podían servir para pedir la mano de una chica.

—¿Solo eso?

—Rapaz, ser afilador significaba tener un

oficio, o sea, como si hoy tienes un título, ¿comprendes?

—Pues era más fácil entonces que ahora.

—¡Ni te lo creas! Bueno, si no se tenía eso, se podían tener vacas, o unas tierras... O una barca para salir de pesca.

—Y el que no tenía nada, ¿no podía tener novia?

—Poder, podía, pero que ella consintiera en casarse era otra gaita. A lo que íbamos, en la casa azul vivían por entonces tres hermanos: al mayor le correspondía heredar la casa, los huertos... Vamos, que quien se casara con él se iría a vivir allí y, cuando los padres murieran, se quedarían de dueños y señores. El segundo de los hermanos andaba estudiando en un seminario; al chico lo había recomendado el cura del pueblo porque era muy espabilado y se le daban bien los latines. El problema radicaba en el tercero. No le gustaba colaborar en las tareas de la hacienda, ni salía a pescar con otros para llegar a ser alguien en el oficio del mar... ¡Un vago! Pero hete aquí que un día se enamoró.

—¡Y dejó de ser vago!

—No tan rápido, que quien nace para reposar termina por no trabajar.

Eduardo sonríe. Le gusta el modo en que hablan sus abuelos y, en general, todos los viejos de aquel lugar. A veces le parece que hacen versos pareados. Otras veces son como actores de obras muy antiguas, pero sin escenario y sin necesidad de aprenderse los diálogos.

—Cuando pretendió ir a pedir la mano de la chica, descubrió sus dificultades para casarse: ni herencia, ni oficio, ni beneficio que aportar a la boda. Así que los padres de la novia le dieron un plazo para buscarse la vida, para regresar teniendo algo que ofrecer. Hasta entonces quedaba prohibido pelar la pava con la chica...

—¿Pelar la pava?

—Cortejar.

—¿Cortejar?

—¡Caray, qué complicado me lo pones! –el abuelo se rasca la barba como si entre ella estuviera la explicación–. Tú sabes que los animales, cuando buscan novia, le hacen un cortejo, es decir, la miman, lucen sus gracias, sus plumas o su fuerza... Vamos, buscan que ella los mire por lo guapos, fuertes o listos que son, ¿no? –el chico afirmó con la cabeza–. Pues eso es cortejar, hijo. Y pelar la pava es ir de charla con la chica, darle la mano... Y esas cosas que hacen los novios.

—Ya sé.

No lo tenía muy claro porque a él le gustaba Mirta más que los caramelos de limón y nunca sabía muy bien cómo hacer para llamar su atención. Aquello del cortejo, ciertamente, parecía algo muy complicado.

—¿Y qué hizo?

Con un poco de suerte, en la historia de aquel desconocido está la clave para conquistar a Mirta.

—Verás, Nemesio, que así se llamaba, estuvo varios días dándole vueltas al asunto. Después pidió a su familia que no lo molestaran y le dejasen, durante un tiempo, utilizar el desván de la casa con prohibición para entrar en el mismo hasta que hubiera terminado. Durante unos meses vieron cómo Nemesio subía tablas, clavos y otras herramientas al desván de la casa; después le observaron acarrear brea y más tarde pintura. Pasaron así cuatro o cinco meses. En el pueblo no se hablaba de otra cosa y todos miraban a las ventanas del fayado tratando de averiguar qué puñetas estaba haciendo el novio.

—¿No descubrieron nada?

—¡Quia! Nemesio llegó a dormir en el fayado para salvaguardar su secreto y hasta se compró un candado cuya llave colgaba del pecho. Cuando decidió que estaba listo, se fue al barbero para darse un buen corte de pelo y un afeitado, se bañó con agua caliente, vistió su mejor traje, llamó a los padres de la novia y, acompañado por su familia y sus futuros suegros, los invitó a subir al desván.

Alfredo guarda unos segundos de silencio, como un buen narrador de historias que conoce el modo de intrigar a sus oyentes.

—¿Y?

—Cuando abrió la puerta, todos pudieron ver en el interior del desván la más hermosa barca contemplada por estos puertos. Incluso le había pintado el nombre de su novia: Rosa.

—O sea, que ya tenía un medio para ganarse la vida –afirma Eduardo.

—Pero había un problema. Su hermano, tras unos minutos de pasmo, soltó una carcajada que hizo temblar las vigas de la casa y, muerto de risa, lanzó la pregunta definitiva: «¿Y por dónde piensas sacar al mar esta barca?». Los invitados miraron de nuevo la barca, después verificaron, a ojo, la estrechura de las ventanas y la propia puerta, y, tras la comprobación, miraron a Nemesio y se unieron a la carcajada.

—¿Qué pasó?

—Nemesio desapareció unos días. Cuando regresó no volvió ni a ver a la novia ni a mencionar la barca que aguardaba en el fayado. Nunca más. Vivió como el hermano solterón y medio inútil, a cargo de su hermano mayor y su mujer, hasta que, de pura vagancia, murió viejo y solterón.

—¿Y la barca?

—Aún debe de andar apolillándose. Desde entonces, como si se hubieran puesto de acuerdo, todo el pueblo llamó a su casa, y por extensión a toda su familia, «la casa del barquero, los hijos del barquero». Aunque ninguno de sus miembros llegase a ser nunca ni siquiera marinero.

Los dos ríen la historia de Nemesio. Ni en los más divertidos libros se pueden encontrar historias como las que cuenta el abuelo Alfredo.

Y a la noche, antes de caer rendido por el sueño, Eduardo anotará en su libreta verde la historia de la barca que jamás probó el salitre del mar.

Tras la cena, recuperan viejísimas historias,

reales, imaginadas, inventadas, recreadas con el paso de los años y los diferentes narradores. En casa de los abuelos, el televisor languidece medio inservible, el aparato apenas si tiene otro uso que el de retransmitir los informativos y las competiciones de ciclismo, eso sí, de las cuales todos en la casa son forofos, sobre todo la abuela Aurelia, para quien hay dos nombres de la bicicleta sagrados: Bahamontes e Induráin. «Los mejores, y después de ellos, el diluvio», afirma mientras calceta interminables colchas de ganchillo.

—Mamá –Nicanor disfruta buscando el enfado de su madre–, te aseguro que hay más nombres, aunque te niegues a enterarte: Pantani, Olano...

—Quita, quita... Todos menores.

De sus dos ídolos no la apea nadie.

—Ni te esfuerces, hijo. A mí mismo casi me cuesta el divorcio defender a Olano. Tienes suerte con Rocío.

—¡Suerte! Bueno, siempre que no se hable de fútbol...

—Del Rayo Vallecano –afirma Rocío.

—¡Olé mi niña! –jalea Nicanor.

—Pues eso –remata Rocío.

Eduardo ni siquiera nota la falta del ordenador; la casa de los abuelos, en el mes de julio, es algo parecido a la cueva de las historias; a veces imagina que las palabras flotan en el aire, se adhieren a las paredes y los muebles y lo transforman todo en un largo, interminable libro oral... Esa noche todos tienen anécdotas al hilo del destino de una barca que jamás salió a la mar. Lo que más divierte al chico son los nombres de las gentes: Rosamunda, Melisenda, Eduviges, Apolinar, Cesáreo, Nicomedes... Claro que a sus abuelos les hacen carcajearse los nombres de los nuevos niños que merodean en las playas.

—Yo tengo un compañero en clase que se llama Kevin de Jesús –suelta Eduardo, satisfecho por aportar algo nuevo a sus abuelos.

—¿Qué santo es ese Kevin? –pregunta la abuela levantando la vista del ganchillo.

—Bueno, más que un santo, es un pedazo de señor que está como un pan –explica Rocío mirando al techo.

—¡Ah, un actor! –Aurelia vuelve la vista a la colcha–. Bueno, pero esos no son de carne.

—Eso digo yo –añade Nicanor.

—Claro –a Rocío la emocionan esos celos de su marido que provoca en la primera ocasión que encuentra–, tú como la zorra de las uvas: como no las alcanzaba, decidió que estaban verdes.

Ningún programa de la tele resulta tan divertido ni le proporciona a Eduardo tanto material para su cuaderno verde.

A la cama lo llevan en brazos, dormido como un bebé. Y sueña. Sueña con una barca de colores escondida en un desván, y con una lancha por cuya proa asoman los tentáculos negros de un pulpo gigante.

6

TRAS dejar pasar un día sin visitas a la pequeña y encalada casa del tío Juan, Eduardo se prepara aquella mañana concienzudamente. Pide a la abuela parte del sabroso pastel de ciruelas, porque ya sabe que las historias y los alimentos comparten huecos mágicos; dispone el ánimo para esperar pacientemente a que sea ese hombre, propietario de unas enormes manos capaces de fabricar diminutos barcos donde todos los detalles reales son fielmente reproducidos a diminuta escala, quien decida cuándo ha llegado el momento de contar el secreto del pulpo tatuado en su brazo.

Sale de la casa nervioso y feliz, como esos días importantes en los cuales pequeñas cosas pueden transformar la vida. La mañana cambia el brillante color de las primeras luces por un gris aún clareado que va encapotando el cielo.

—Seguro que llueve –dice a media voz con

la gravedad copiada de sus mayores cuando vaticinan las improvisaciones del clima. A su edad, tanto su abuelo como el tío Juan ya eran capaces de otear la tormenta horas antes de su llegada con tan solo olfatear el aire, también hacían trabajos de adultos como acarrear leña del monte, llevar y traer las vacas hasta los lugares de pasto y de estos al establo, ordeñarlas y ayudar a subir las barcas cuando sus padres llegaban cargados de peces plateados. Algún día iban a la escuela, un edificio rectangular que aún llevaba grabada la fecha de su construcción con el orgullo de una vieja dama: 1914. Poca escuela y mucho trabajo.

Aún le faltan unos metros para ganar la entrada de la casa cuando el cielo comienza a deshacerse en una lluvia fina, invisible pero tenaz, un calabobos imperceptible pero capaz de traspasar el tuétano de los huesos.

—Ya está –y se siente feliz, casi sabio, por haber predicho el agua.

Aprieta el trozo de pastel contra su pecho y corre los últimos metros. Apenas tiene tiempo para frenar ante la puerta entreabierta y casi se lleva por delante la mesa de madera donde el tío Juan bebe su tercera taza de café.

—Cuidado, rapaz, que pareces un vendaval.

—¿Un qué? –otra palabra para su cuaderno verde.

—¿Qué leñe enseñan ahora en las escuelas? Cualquier mocoso sabe que vendaval es viento del Sur tirando al Oeste... ¡Tanta máquina, tanto ordenador y ni siquiera conocéis el nombre de los vientos!

Un ataque de tos evita el discurso sobre la ignorancia de los nuevos niños sabios. En el fondo, a todos los abuelos del mundo les encantaría ser sus primeros maestros. Eduardo descubre que al lado del barco hay una foto colocada del revés, pero no se atreve a confirmar las sospechas de que sea la de Marina. La nave está terminada, pulida, recién pintada y brillante, con el nombre negro y reluciente, Rosa del Mar.

—Así se llamaba tu barco –asegura el chico.

—Nunca fue mío. En mi familia no fue nuestra ni la casa que habitamos.

—¿Eras pobre? –el niño imagina la pobreza como algo lejano a su país, a sus gentes. Los pobres habitan otros lugares, casi otros planetas.

El tío Juan suelta una carcajada que termina en nuevas toses. Eduardo piensa que su abuela tiene razón y el anciano está realmente enfermo.

—Pocos ricos había por entonces. Lo normal era ser pobre como una sardina –le gusta la comparación, al chico no le gustan las ratas ni siquiera para compararlas con la miseria–. Eso no nos amargaba demasiado, poca escuela y trabajo temprano; aquí donde me ves, a tu edad ya faenaba en el marisco, ayudando a las *marisqueiras*, cargando cestas desde la playa hasta el mercado... En cuanto pude me hice a la mar en el primer pesquero que solicitó marineros.

—Yo quiero ser marino. Y también escritor.

Es la primera vez que formula ambos deseos en voz alta. Se le encienden las mejillas, tal vez esperando una burla por su osadía.

—Ya, pero tú estudiarás, espero –y el tío lo mira como si sus pupilas fueran arpones–. Serás capitán, tendrás uniforme y un barco sin timón que dirigirás desde un ordenador...

Dicho así, la cosa del mar pierde cierta gracia. Eduardo, cuando se imagina capitaneando un barco, lo hace viéndose frente a los viejos utensilios de navegación: timón, sextante..., y dando órdenes de virar a babor, escorar a estribor... Incluso imagina la embarcación con velas blancas y pesadas capaces de enfrentarse a todos los vientos.

—No sé si me gustaría navegar en estos tiempos, *neno*.

Bueno, eso es algo repetido siempre por los mayores, convencidos de que nada puede superar la belleza de sus tiempos. A esas reticencias su madre las llama nostalgia y miedo; nostalgia de juventud perdida; miedo ante todo lo que ya no se puede controlar porque se escapa del mundo dominado con mimo para sobrevivir. Ahora se sienten tan perdidos ante los cambios como lo estaría él si una máquina lo transportara al tiempo en que su abuelo tenía diez años.

—He traído un pastel. Lo ha hecho la abuela esta misma mañana.

—¡Huele a gloria, rapaz!

Se les va una parte de la mañana entre el pastel y el recorrido por los mil nombres marineros del pequeño barco. Eduardo decide que, al día siguiente, volverá con su cuarderno verde para irlos anotando porque se siente incapaz de recordarlos todos.

—Si quieres, te dibujo uno en ese cuaderno.

—¿Lo harías?

—Siempre fui bueno para los dibujos –y

como si recordara algo, da vuelta a la foto y acaricia con sus dedos gruesos y artríticos el rostro de la mujer–. A Marina le encantaban mis dibujos.

Los ojos del chico brillan: al fin aparece ella, la mujer del retrato en blanco y negro, en la vida del tío Juan.

—La quise más que a la mar.

Y la voz del hombre tiembla levemente. Eduardo intenta evitar incluso su respiración para no romper el momento de magia. La cocina está en penumbra; pese a ser mediodía, las nubes han encapotado el cielo hasta dejarlo negro como los ojos del tío Juan. Su padre dice que las buenas historias se cuentan mejor a oscuras, cuando la luz confunde las siluetas y las palabras se transforman en objetos que casi pueden tocarse con los dedos y sentirlos aletear sobre las orejas. Sin darse cuenta, rasca su oreja derecha.

—Marina ha sido, es y será, hasta mi último aliento, la mujer de mi vida. Creo que me enamoré de ella cuando era una niña y las trenzas jugaban en su espalda. Tuve que esperar unos años, pero me pasé la infancia persiguiendo los pasos de aquella chiquilla de ojos verdes y risa fácil. La risa de Marina llenaba de campanillas el viento.

Sí, su padre tiene razón y las palabras son figuras sin forma definida que los acompañan en esa cocina, caricias o zarpazos sobre la piel y el corazón. Eduardo piensa en Mirta, la pelirroja recién llegada al colegio, con su mal español, sus pecas, su mirada clara y sus ganas por integrarse en los corrillos del recreo, siempre preguntando, esperando la buena voluntad de alguien capaz de traducir a su muy rudimentario vocabulario castellano toda la jerga de los recreos. El chico aún no sabe que son esas niñas de la infancia, pelirrojas o con largas trenzas castañas, con mirada clara o infinitamente oscura, las mujeres que jamás se olvidan.

—Nos hicimos novios dos días antes de que yo embarcase por primera vez en un pesquero que recalaría en el Gran Sol. Íbamos a pescar bacalao...

—¡Agg!

—¿No te gusta?

—Pues no.

—Pues vaya con el *neno*. Hace muchos años, el bacalao era comida de pobres, ya ves tú -hace una pausa sopesando los curiosos giros de la vida–. Parece que la comida de los desarrapados ha subido al mantel de los reyes; el humilde caldo de grelos ahora te lo cobran en restaurantes de ringorrango a precio de langosta.

—La abuela lo prepara.

—Lo sé. Los domingos, el día del potaje, siempre anda cargando con un pote hasta casa.

—¿Por qué no comes con ellos?

—Hace años que no piso la casa de tus abuelos.

Sí que es raro el tío Juan, como si no tuviera buenas piernas para caminar los escasos trescientos metros que lo separan. El asunto del médico puede entenderlo, tampoco a él le hacen mucha gracia, sobre todo si se trata del dentista, pero esa manía suya de no pisar la casa de los abuelos...

—Desde el día en que volví para buscarla y no la encontré.

El chico juraría que ha visto una lágrima deslizarse por las curtidas mejillas del marino, pero la penumbra es densa como una noche y resulta imposible distinguir los detalles con claridad.

—¿La dejaste?

La pregunta atraviesa el corazón del hombre.

—Tuve que hacerlo.

—¿Por qué?

Los niños no suelen andar con rodeos.

—Un mal día tuve que tomar una decisión, hice una promesa que comprometía mi vida, no tenía ni idea de los años que me llevaría cumplirla y no regresaría hasta entonces. Marina no podía perder su juventud esperando por un novio que, en el supuesto de regresar, ignoraba cuántos años tardaría. Volví, para enterrar a mi hermano pequeño y para romper el compromiso con ella.

—¿Y no te esperó?

—Mucho más tarde supe que apenas sobrevivió dos años a esa ruptura, se murió de tisis... Dicen que de tristeza.

Ahora, la cabeza del anciano cuelga sobre su pecho como si alguien le hubiera disparado y el tiro resultara mortal.

—Vete a casa, te esperan a comer.

—¿Puedo volver? –y el chico tiembla ante la posibilidad de que se lo prohíban.

—Mañana. Marino y escritor, ¿no?

—Me gustaría.

—Ya. Pues mañana tendrás un buen material para tu novela... Aunque te cueste creer en la historia.

Y se va antes de que el tío Juan se arrepienta de ese permiso para regresar. Las yemas de los dedos le escuecen, como si se anticipasen, de alguna manera, a las palabras que habrá de escribir. Se alegra de haber compartido su secreto con el tío Juan, él también poseerá su secreto del pulpo.

7

—ABUELA, ¿qué es la tisis?

Eduardo llega empapado, sin saludar, sin preguntar por la comida, y suelta la pregunta sin más explicaciones, con la urgencia impaciente de los niños. Aurelia deja de remover los pucheros y mira a su nieto. La sorprenden los ojos de ese chico que está empezando a dejar la infancia en las visitas al tío Juan.

—Tuberculosis –los ojos del nieto repiten la pregunta sin palabras–. Antes, una enfermedad mortal. Ni te imaginas cuántos morían con los pulmones reventados por el bacilo intruso que los iba convirtiendo en piedra. Cuando alguien comenzaba a toser y manchar los pañuelos con gotas de sangre, en la casa se preparaban para un funeral seguro. Ahora existen vacunas y medicinas capaces de derrotar a la enfermedad; ya no mata como antes.

—La tía Marina se murió de tisis.

—Y de pena.

—Ya sé, porque el tío Juan rompió su compromiso.

—¿Te lo ha contado?

—Sí.

—Vaya.

Aurelia restriega las manos en el mandil, se aleja de los fogones y se sienta en el banco apoyado contra la pared. Su lugar en la mesa, casi podría decirse que su lugar en la casa: allí come, allí se sienta a tejer colchas y contar historias... Eduardo sabe que siempre existen enfermedades incurables para ciertas generaciones, desconoce con exactitud en qué consiste la tuberculosis, pero todos hablan de la tristeza al referir la muerte de tía Marina.

—¿Por qué dices que murió de pena?

—Verás –Aurelia recoge la labor de ganchillo, la comida puede esperar–, Juan y Marina eran jóvenes, guapos y estaban enamorados; la vida era dura, pero ellos la miraban como si fuera un camino plagado de flores porque el amor lo puede todo. Ella y yo éramos amigas, yo estaba prometida con tu abuelo –sonrió–, y nos reuníamos los domingos por la tarde para bordar juntas nuestra ropa de futuras casadas... Eran tardes hermosas.

El chico observa el movimiento imparable

de los dedos tejiendo sin descanso; de alguna manera, aquel gesto de las manos facilita las palabras de la abuela y a él le fascina mirarlo.

—Supimos de la tragedia de su hermano pequeño...

—¿Qué pasó?

—Era su primer trabajo, Juan era su protector en la mar, pero le tocó al pequeño Pablo pagar el tributo.

—Pagar ¿qué?

—Las gentes del mar viven de los regalos que hacen los mares, la mar es generosa, pero, alguna vez, cobra el precio de sus frutos; entonces se traga uno de los barcos y abraza para siempre a sus tripulantes, otras veces es un golpe de mar el que recoge a uno de los marineros... Por extraño que te parezca, las gentes costeras asumimos, con dolor, ese diezmo. Pablo, que era apenas un niño, no regresó de ese primer viaje –Aurelia levanta la vista de la labor y la deja vagando tras los cristales–. La mar eligió al más joven, al más inocente.

Eduardo teme el silencio de su abuela. El silencio es el lenguaje de los secretos.

—¿Y el tío Juan se sintió culpable?

—Supongo. La historia es más complicada,

pequeño, pero le corresponde al tío Juan contarla.

—Mañana –siente deseos de comprobar algo–. Voy a mi cuarto.

—Como dirías tú, "no te enrolles", que pronto vendrán todos a comer.

En el piso superior de la casa están las cuatro habitaciones, abiertas todas a una pequeña sala que las distribuye, y un corredor acristalado y cubierto de plantas. Allí reina la foto de Marina, hermosa y quieta, la misma foto que, en su sueño, intentaba decirle algo. Eduardo se queda mirándola intensamente, tal vez pretende convencerla para que convierta en voz las palabras mudas dibujadas en el sueño. Los ojos no se mueven, ni se abre la boca, ni escucha el secreto de la joven mujer muerta por la tisis y la melancolía.

—Era muy hermosa –la voz de Nicanor sorprende al chico–. Yo no la conocí, pero todos hablaban de su belleza.

—La abuela dice que murió de pena, como en las novelas, pero no logro creérmelo.

—Los escritores copian de la vida. Y la vida suele superar siempre las mejores novelas.

El chico recuerda su cuaderno de tapas verdes y las historias que habrá de contar cuando sea mayor. Es su secreto, aunque acaba de compartirlo con el tío Juan.

—Venga, vamos a comer, todos están en la mesa.

De alguna manera, sobre la comida familiar se ha posado la figura de esa joven que sonríe inmutable desde la foto amarillenta. Los mayores conocen la historia, pero cada vez que se renueva porque se recuerda para un nuevo miembro de la familia, notan en sus corazones el regreso a los años de tristeza, a los meses de enfermedad y a las lágrimas de Marina oteando el horizonte por si la mar le devolvía el rostro de Juan.

Esa tarde, las nubes deciden darse un descanso tras los montes y el sol puede despacharse a su gusto. Deciden pasar todos la tarde en la playa. Todos excepto Aurelia, convencida de que tostar la piel ni es bueno ni mejora la belleza de las mujeres.

—Arruga mucho, hija –concluye ante la insistencia de Rocío.

Con la abuela resulta casi imposible distinguir cuándo habla totalmente en serio y cuándo utiliza una ironía sin maldad que define su carácter socarrón.

—Pues yo voy a ver si me pongo tan arrugada que no tenga que gastarme ni un duro más en cremas.

Eduardo decide que su madre no va a la zaga de Aurelia. Tal vez por parecerse mantienen una relación llena de armonía y cariño.

Justo en el momento en que los cuatro toman la curva que enfila hacia la playa y desaparece la casa de los abuelos, Eduardo se gira y comprueba que Aurelia camina en dirección a la casa del tío Juan. La tarde, para ellos, estará plagada de nostalgia por Marina.

—Marina es nombre de sirena –murmura.

—¿Qué dices?

—Nada, mamá; cosas mías.

Roció repasa el pelo cortado al uno de su hijo, "un corte de futbolista", mientras se repite que Eduardo está dejando de ser un niño y lo hace de golpe, sin aviso, sin preámbulos, como si se tratara de un estirón de centímetros tras padecer la varicela. Los niños crecen a brincos, como saltamontes al acecho de un buen momento para cambiar de rama. El tío Juan se ha convertido, aquel verano, en el pretexto de Eduardo para dar una pirueta en la frontera de las edades.

—Mi niño está a punto de no ser "mi niño" –comenta, apoyando ligeramente su cabeza en el hombro de Nicanor–. Creo que nos vendría bien otro bebé en casa.

Nicanor no dice nada. Las mujeres tienen razones que solo ellas entienden. Sonríe: con un poco de suerte será una niña.

—Se llamará Marina –dice en voz alta.

—¿Quién?

—¿Quién va a ser? La niña que tendremos, Rocío.

—Puede ser niño, ¿no?

—Daría igual, pero tengo la impresión de que a la tía Marina le gustará regresar a vernos.

No vuelven a mencionar esa conversación, la tratan con la reverencia debida a los misterios.

8

—¿QUÉ traes hoy para comer?

—Galletas de almendra. Las ha hecho mi madre.

—Buena cosa, pensé que las mujeres de ahora no cocinaban.

—También cocina mi padre.

—Tendrá alma de marinero.

—¿Por qué?

—Todos los marineros del mundo son expertos cocineros, *neno*.

Su padre puede haber heredado alma de navegante: suena bien para alguna de sus futuras historias. Ahora toca escuchar el enigma del pulpo negro tatuado en el brazo del tío Juan. Es necesario esperar a ver cumplido el ritual: la preparación del café, los comentarios sobre la soleada mañana sin nubes; la opinión, favorable, sobre las galletas de almendra... Eduardo está ejercitando la paciencia, ganándose el derecho a merecer las palabras.

Y las palabras llegan, retumban contra las paredes de la cocina, contra los graznidos de las gaviotas, contra el olvido; transportadas en la voz aguardentosa del viejo marino.

—Dijiste que el diablo no existía, ¿verdad? -el hombre observa el rostro serio de Eduardo, sus pupilas brillantes toman las bridas de toda su atención antes de continuar-. Pues yo lo he visto, lo he perseguido durante años... Y le atravesé el corazón.

—¿El pulpo?

—Hay libros y relatos de viejo que se toman por fantasías, cientos de historias acerca de esos monstruos ocultos en las entrañas del mar y que, de año en siglo, asoman, se hacen visibles a nuestros ojos y nos demuestran que las entrañas oceánicas están llenas de misterios. Allá, en ese fondo tan profundo como los abismos del infierno, existe un mundo diferente y terrible donde jamás han llegado los ojos humanos. El diablo habita allí.

A Eduardo le parece exagerado equiparar con el diablo a los seres marinos de esas profundidades. Él ha leído a Julio Verne y su viaje al fondo del mar, pero un pulpo gigante es eso: una fabulación de escritor. Alguna vez, junto a su padre, forofo de los documentales sobre la vida animal, ha visto seres extraños, habitantes de esas profundidades sin luz, animales ciegos y fluorescentes, adaptados a las tinieblas... Pero eso es científico; la existencia de pulpos gigantes que aparecen de vez en cuando en la superficie tiene la misma apariencia que las historias de bellas sirenas enamoradas de algún príncipe.

No habla de sus dudas para no enfadar al narrador. Sea más o menos fabulada la historia, seguro que resultará fascinante.

—Algunos pueblos que viven del mar han puesto nombre a esa leyenda. Los noruegos lo llaman Kraken y alguien me contó que en las Bahamas lo han bautizado como Lusca. En realidad, Kraken significa serpiente marina, supongo que por haber confundido los tentáculos del diablo con una serpiente. Ahora, los científicos han descubierto ya la existencia de calamares gigantes: ya son reales porque los han fotografiado y medido. ¡Hasta doscientos pies llegan a medir sus tentáculos!

—¿Y no han fotografiado pulpos?

—El diablo es más astuto. Pero nosotros sí hemos visto marcas de sus tentáculos en algunos de los cachalotes atrapados en los mares del Norte...

—¿Marcas de lucha?

—En la mar, la criatura más fuerte se alimenta de la más débil... A veces, del más inocente.

Durante unos minutos, la estancia se espesa como si estuviera atrapada en profundas y estancadas aguas. Contar lo que se ha vivido es volver a retomar el sabor de esos momentos, y no debe ser dulce el recuerdo retornado.

—Llevé a Pablo conmigo para embarcar en un pesquero noruego que faenaría en el Gran Sol. Estaríamos varios meses fuera de casa, pero la paga era suficiente para preparar mi boda con Marina, incluso para cumplir con el sueño de mi hermano. Quería ser maestro.

—¿Iba a pescar para poder estudiar?

—Claro, ahora te parece increíble porque son los padres quienes andan detrás de sus hijos para que vayan a la escuela, para que estudien una carrera... Entonces, los pobres no podíamos permitirnos esos sueños. Pablo era listo, el maestro, el bueno de don Liborio...

—¡Ese sí que es un nombre chungo!

—Los nombres los van haciendo sus propietarios, rapaz. Don Liborio era un ángel para los niños pobres, y para quienes no eran tan niños. Robaba minutos a las horas para ayudar a todos, leía cartas que llegaban del otro lado del océano a quienes no sabían leer, escribía cartas por quienes no sabían y lo hacía buscando las frases más bonitas... Era un poeta; un poeta a ras de suelo. Mal pagado, vestido siempre con la misma chaqueta vieja...

A Eduardo le cuesta imaginarse al maestro andarín, de casa en casa, leyendo arrugadas cartas de hijos que se buscaban la vida muy lejos del pueblo.

—Don Liborio habló con nuestros padres para que lo dejasen ir a Coruña a estudiar, «tiene buena cabeza el rapaz». Tendría buena cabeza, pero necesitaría tener mejores manos en la pesca para conseguir el dinero necesario, y ya lo hacía marisqueando aquí y faenando en la pesca de bajura, pero era necesaria una buena bolsa de duros para que fuera a estudiar tan lejos de casa. Tenía dieciséis años.

Juan siente la garganta seca y se levanta a buscar otra taza de café. Eduardo trata de imaginar a uno de esos fabulosos animales marinos, ocultos en profundidades de vértigo, con sus tentáculos abrazando el cuerpo de un cachalote, revolcándose ambos en un duelo mortal. Le parece tan increíble que algo semejante le haya ocurrido a un miembro de su familia, a un anciano oculto en esa casa diminuta y a punto de morirse. Él, precisamente él, va a ser destinatario de una lucha feroz ocurrida muy lejos de esa playa, en un tiempo remoto, cuando ni siquiera sus padres habían nacido.

—En los barcos de pesca existen algunas faenas que, por su dureza, o por lo arriesgado de las mismas, se pagan aparte de la cuota de pesca. Mi hermano y yo tratábamos de apuntarnos a todas cuantas podíamos, necesitábamos reunir cuanto dinero fuera posible. Una de esas faenas era la vigilancia de las redes extendidas para pescar bacalaos que, luego, cuando estaban repletas, eran subidas a bordo para limpiar y salar el pescado en el menor tiempo posible...

—¿Salar?

—La mejor manera de conservar un pescado que tardaría meses en llegar a puerto era hacerlo en sal, curtir el cuerpo abierto y limpio del bacalao y guardarlo en grandes tinajas bien cubiertas de sal. Un trabajo duro que desollaba las manos. Ni a Pablo ni a mí nos importaban los cortes en las manos hinchadas y embrutecidas: cuanto mayor fuera la captura, mayor sería el reparto entre los marineros, así que cada bacalao era un paso más hacia nuestras metas.

—¿Y eso de vigilar las redes?

—Consistía en subir a una de las pequeñas barcas amarradas en el costado del pesquero, sujetas por el pescante y con los calzos en la borda, e ir revisando que ninguna malla se hubiera roto, que no se hubiera producido ningún rasguño capaz de permitir la salida de los peces que habían caído en ellas. O subirlas a bordo para repararlas, cambiarlas por otras, moverlas de lugar. Llevábamos ya tres meses en el Gran Sol, la pesca estaba a punto de terminar; casi con toda seguridad, aquella sería la última captura antes de virar proa a casa. Pablo, en pocos meses, se había convertido en un hombre fuerte y valiente. Estaba feliz, tendría dinero suficiente para ir a Coruña y convertirse en maestro. Yo soñaba con Marina y el domingo de nuestra boda... No contaba con el diablo.

El brazo del anciano se mueve y Eduardo tiene la impresión de que el pulpo tatuado cobra vida a través del movimiento de los músculos.

—¿Dónde queda el Gran Sol?

—Al Norte. Muy al Norte, donde los océanos se cubren de hielo durante meses. Nosotros estábamos cerca de las islas Feroe, al borde mismo de la Fosa Feroe-Stheland; antes habíamos faenado en Rockal y en Bill Baileys... Siempre por encima del paralelo 60, el lugar donde la brújula se siente más atraída por el Norte.

Aquellos nombres retumban en la estancia como objetos brillantes y extraños, pompas de hielo que guardan secretos tan gélidos como aquellos mares. Al Norte, más allá del paralelo 60. Los nombres y los datos se van amontonando en la memoria del chico como si el tío Juan los hubiera escrito en su cerebro con un estilete de hielo. Trata de imaginar a un puñado de marineros ligeramente protegidos por el casco de sus pesqueros, enfrentados a las corrientes heladas de los mares del Norte, a los secretos refugiados en las entrañas abismales de esos lugares.

—Entonces ignoraba lo que ahora ha descubierto la ciencia y sabían los más viejos pescadores a través de las leyendas de sus abuelos: en la mar, como en tierra firme, existen montañas altísimas y valles tan profundos que ningún artilugio humano ha sido capaz de penetrar en su totalidad en ellos. En esas simas habitan desconocidos monstruos.

—¿Como los que se dibujaban en las cartas de navegación antiguas?

—Ya sé que tu padre las colecciona. La primera se la regalé yo mismo cuando él era más pequeño que tú.

—¡Caray!

Uno nunca llega a conocer todos los recovecos de los padres. Se acostumbra a verlos faenando de padres y ni los imagina pequeños, ni logra verlos escondidos en un desván y soñando con viajes imposibles siguiendo obsoletas cartas de navegación.

—Yo no creía en las historias que se contaban terminada la jornada, en torno a una taza de café. Era demasiado joven para saber que tras cada una de las leyendas que se conservan, se guarda un misterio cierto que ha de ser transmitido a otros.

—Leyendas que hablaban de monstruos marinos, sirenas y todo eso, ¿no?

—Y todo eso.

El tío Juan vuelve a guardar silencio durante unos minutos que espesan aún más el aire de la reducida estancia.

—Tampoco creía en los signos que anuncian la desgracia.

—¿Los qué...?

—Verás, la naturaleza es mucho más vieja que el hombre y conoce mejor que nosotros los secretos del mundo. Existen pájaros capaces de notar en los cambios del aire que se avecina un ciclón, roedores que presienten las vibraciones de un terremoto mucho antes de que comience a temblar la tierra. Las gaviotas anuncian las tormentas mar adentro volando en círculos sobre la playa y refugiándose lo más lejos que pueden de la orilla... Imagino que hubo un tiempo en que los hombres entendían esos avisos de la naturaleza, sabían interpretarlos y buscar refugio, como los animales. Luego, nos fuimos olvidando de mirar, de escuchar, incluso de oler, porque las tormentas también huelen, despiden un fuerte aroma a sal, a algas arrancadas.

—Entonces debe de ser cierto lo que dice la abuela.

—Seguro, es una mujer sabia tu abuela. ¿Qué dice?

—Dice que cuando un cuervo se empeña en posarse cerca de una casa y no se va por más que lo espanten, no tardará tres días en haber una muerte dentro de la casa. Bueno, o en la cuadra.

—Los cuervos son carroñeros, *neno*, necesitan un buen olfato para saber dónde encontrar comida.

—¿Qué tiene eso que ver con andar pegados a una casa?

—Los animales, y los hombres también, cambiamos el olor de nuestros cuerpos poco antes de morir. Ese cambio alerta a los carroñeros.

—¿Cuando tenemos un accidente también?

—No, hombre, solo cuando la muerte es natural. Son animales, no adivinos.

Al chico le gusta ese sentido del humor casi negro del tío Juan. Se pregunta si aún será posible aprender a leer las señales de la naturaleza.

—¿Cuáles fueron entonces los signos?

—Una extraña calma que nos envolvió como un manto, como una mortaja –las palabras encuentran dificultades para salir de la garganta del hombre–. De pronto, todo se quedó quieto; el propio mar que nos rodeaba parecía haberse detenido, como si se hubiera transformado en materia pesada, en mercurio. Un silencio sobrenatural que apretó como una soga nuestras gargantas y nos dejó paralizados. Era como si el tiempo se hubiera suspendido y flotáramos en mitad de la nada. Por un momento recordé la falsa bonanza que precede a las tormentas. Pero no, no era una tormenta, era algo peor lo que rodeaba nuestra pequeña barca. Mucho peor. Recuerdo que traté de decirle a mi hermano que remásemos hasta el barco, pero ninguno de mis músculos respondió. Me había convertido en una roca, una roca sentada sobre una barca inmóvil en medio de un mar estancado.

Como aceite derramado sobre sus cuerpos, unidos sin necesidad de tocarse, un anciano que se despide y un niño que da sus primeros pasos como hombre. Una ráfaga de viento llena la estancia con un ligero perfume de tormenta.

—Hora de comer.

La voz de Aurelia sobresalta a los dos, que regresan al presente como si hubieran despertado de un sueño.

—He traído la comida y me autoinvito.

La presencia de Aurelia rompe el hechizo de la quietud pétrea, diluye el espeso aceite que los envuelve y recobra el tiempo presente. Entre sus manos, una enorme cacelora desprende, bajo la tapa, un delicioso aroma a guiso de pescado.

—¿Y mis padres, el abuelo...?

—Nos han dado vacaciones, hijo. De vez en cuando, está bien dar un descanso a los padres. Creo que harán una excursión, solos y casi de tapadillo, como novios –Aurelia ríe su propia ocurrencia–. Tendrán ganas de recuperar otros tiempos. Y tu abuelo ha decidido ir a buscar no sé qué madera especial para una de sus tallas.

—¿Quién ha programado el día?

—Juan, siempre has estado convencido de que tengo alma de militar organizador, o algo así.

El hombre sonríe, tose y se levanta para despejar la mesa. En otro tiempo, en otro lugar, una lancha con dos marineros espera.

9

—CREO que he comido demasiado de mi propio guiso.

—Has traído cantidad suficiente para una tripulación. Siempre he creído que las mujeres tratáis de encontrar soluciones a través de la comida.

—No andas muy descaminado, no. Será porque el hambre no es buena consejera, o porque hemos vivido tiempos de escasez... O, como decía mi abuela, porque no existen buenas historias con el estómago vacío.

Eduardo contempla a su abuela y al tío Juan mantener esa conversación mientras imagina que llevan años repitiéndola. Aurelia prepara como nadie los guisos de pescado, y esta vez se ha esmerado.

—Bueno, creo que tenéis una conversación pendiente.

Aurelia recoge la cacerola, libre de su carga de alimento, y los devuelve al momento de quietud en mitad de un mar perdido en el Norte, más allá del paralelo 60, cuando la naturaleza anunciaba algo aún no descifrado. Son necesarios unos minutos de silencio, la ceremonia de un cigarrillo liado con parsimonia y encendido con un trasnochado mechero de yesca. Eduardo no se atreve a preguntar, imaginando que una voz desde el presente romperá el hechizo.

—La naturaleza habla, lanza avisos para evitar el desastre, pero hemos perdido la capacidad para entenderla.

Eduardo piensa que un buen equipo de radar, un sofisticado sistema de ordenadores inteligentes y pantallas codificando esas señales, como en las películas, habría sido mucha mejor ayuda.

—Dudo que las máquinas sean capaces de descifrar un mundo de donde no han venido.

La frase parece una respuesta a los pensamientos del chico. Tal vez el tío Juan ha logrado descifrar los murmullos de la mente.

—Había niebla, una niebla no demasiado espesa. Nacidos en esta tierra, la niebla no lograba asustarnos; sin embargo, cuando logré mover los brazos e intenté remar en dirección al barco, el mar se había convertido en roca...

Confieso que fue la primera vez en mi vida que el miedo casi me deja sin respiración. Permanecimos quietos, petrificados...

Las manos del tío Juan están crispadas, todo su cuerpo revive la tensión de aquel día.

—De pronto, algo como el siseo de un reptil onduló cerca de la lancha. Recordé las leyendas de los viejos, sus historias sobre serpientes gigantes que, alguna vez, rozaban sus cuerpos contra la madera de los barcos. Apreté fuerte y con las dos manos uno de los remos: si alguna de esas bichas asomaba su cabeza, bastaría con propinarle un buen golpe.

El chico siente un escalofrío; una de aquellas serpientes marinas parece rozar sus tobillos.

—Miré a Pablo. Juraría que sus rizos rojizos se habían vuelto blancos como la espuma de las olas. Dicen que el miedo es capaz de envejecer de golpe. Tenía los ojos fijos en algún lugar inconcreto. Yo era el responsable de mi hermano, yo lo había embarcado en aquella aventura...

La voz del hombre se quiebra por un llanto sin lágrimas.

—Desde las entrañas del mar aparecieron los tentáculos negros y brillantes de un pulpo.

¡Juro que no tuve tiempo ni para un pensamiento! Asomó una enorme cabeza y dos puntos rojos como hogueras nos miraron, tasaron nuestra capacidad para convertirnos en su alimento. Su cabeza era mayor que nuestra lancha. Aún no sé cómo encontré fuerzas para asestar un golpe con el remo sobre aquella cabeza, el remo se rompió y los ojos centellearon como relámpagos. Eran los ojos del diablo y casi me dejaron ciego.

El hombre se frota los ojos con ambas manos; aquel relámpago acaba de repetirse.

—Intenté gritar, pero no logré emitir ningún sonido. Sentí mi brazo rodeado por una potente garra viscosa y varias ventosas adheridas... Mira.

El tío Juan muestra el interior de su brazo derecho y Eduardo puede comprobar las huellas rosadas de seis círculos. Parecen restos de quemaduras.

—Los pulpos comprueban si sus víctimas son comestibles con las ventosas de sus tentáculos. Esas eran las cicatrices que algunos pescadores habían visto en los lomos de ciertos cachalotes. Los combates en el mar son terribles.

Eduardo trata de imaginar cómo serán esas

batallas entre titanes marinos, pero no le alcanza la imaginación.

—Con uno de sus tentáculos logró voltear la barca. Para cuando conseguí sacar la cabeza por encima del oleaje que aquella bestia había levantado, solo tuve tiempo para ver cómo otro de sus largos y brillantes tentáculos elevaba a mi hermano Pablo para luego hundirlo en el abismo de donde había emergido. Mi hermano ni siquiera encontró fuerzas para un grito: todo sucedió en silencio. A mí me permitió vivir.

Eduardo mira la boca apretada del anciano y, sin darse cuenta, cierra los puños. Pasa un tiempo imposible de medir por los relojes.

—Entonces, medio ahogado por el oleaje que había levantado aquel monstruo, grité con todas mis fuerzas. Llamé a Pablo hasta casi romper mi garganta. Nunca volví a verlo, ni un triste rastro regresó a la superficie. Cuando una de las lanchas vino a recogerme, me revolví como un loco sin querer subir. Imaginé que si permanecía en aquel lugar, el diablo regresaría a por mí, me llevaría junto a Pablo.

—¿No volvió?

El hombre niega con la cabeza, toma aire y continúa hablando.

—Tiempo después, cuando ya me había convertido en un experto, supe que los pulpos, estos que pescamos y el demonio que habita en los abismos, tienen un estómago primitivo que necesita digerir el alimento que captura y arrojar los restos por el mismo lugar donde los introduce. Los pulpos no pueden acumular comida, por eso son los animales más hambrientos de los océanos. Es como si la naturaleza hubiera ensayado una determinada forma de vida y el pulpo fuera el límite de tal ensayo. Tal vez por eso logró encontrar un modo de supervivencia buscando los abismos y creciendo hasta convertirse en el dueño de esos fondos oscuros.

—Un estómago sin tripas para guardar los restos de comida, ¿no?

—Y tres corazones.

—¿Tres corazones?

—Los tres corazones del diablo. Por eso fue necesario encontrarlo más de una vez. Me contaron que durante días, la fiebre me tuvo delirando y llamando a mi hermano, que hablaba del diablo y renegaba de todo. Regresé a este pueblo para dar la noticia a mis padres, despedirme de Marina y pasar el resto de mi vida buscando al asesino de mi hermano.

—¿Tú perseguiste a ese pulpo?

—Juré que viviría sólo para encontrarlo.

10

LAS nubes mantienen el cielo encapotado y anuncian tormenta. Una tronada de verano, días de lluvia sobre el dorado de las arenas, los pinos a punto de invadir las playas y las gentes costeras, siempre envueltas en agua: de los mares, de las nubes, de los ríos, de las brumas... Agua capaz de calar hasta las emociones, con la suavidad de una caricia o la violencia de una galerna. Agua. Eduardo siente un escalofrío: tiene el cuerpo adormecido y frío. Deben de llevar una eternidad allí sentados, sin decir una palabra, sintiendo sobre sus cuerpos las ventosas de un pulpo invisible y negro como las sombras, comprobando el sabor de sus carnes.

—Te llevaré hasta la casa de tus abuelos.

El chico no se atreve a decir que no es necesario. El rumor de las olas llega hasta sus oídos recién nacido, con un sonido diferente, con un lenguaje en clave intentando dar aviso sobre los peligros ocultos en los abismos de sus entrañas.

—Venga, corre –dice el tío palmeando su espalda.

Se ven las luces de la casa. Eduardo duda durante unos segundos, después avanza dos pasos y, antes de salir corriendo, da media vuelta.

—¿Te veré mañana?

—Sí, y me devuelves la chaqueta.

El chico sonríe y aprieta contra su cuerpo la enorme chaqueta de lana prestada por el tío Juan. Tiene prisa por encontrarse con su cuaderno verde y registrar esa historia palabra por palabra. Entra en la casa corriendo, «como un vendaval», y la expresión adquiere el sonido aguardentoso del tío Juan. A veces, los vocablos guardan para siempre el sonido de la primera vez que fueron escuchados; muchos dichos de ese verano retornarán a sus tímpanos a través de la garganta del tío Juan. Sus padres y abuelos están en la cocina, lugar sagrado de la casa donde todos terminan por reunirse. No entra, saluda a toda prisa y sin mirar, para subir corriendo las escaleras hasta su cuarto.

—¿Qué le pasa? –pregunta Nicanor.

Aurelia mueve la cabeza sin levantarla de su aguja de ganchillo. Piensa que a los padres les falta un décimo sentido para entender a sus hijos.

—¿Creéis que será buena tanta historia del tío Juan? –vuelve a preguntar, decidido a subir para ver el estado de Eduardo.

—¡Déjalo solo, hijo! Parece mentira que no te acuerdes de las horas que pasaste en el desván dibujando mapas.

—¿Dibujando mapas? –pregunta Rocío.

—Sí, hija, sí –Aurelia sigue calcetando sin levantar la vista–. Aquí donde lo ves, tu marido soñaba con ser bucanero para encontrar tesoros. Escondía los mapas en el arcón donde se guardaban los vestidos de Marina.

—¡Lo sabías!

—Pocas cosas se le escapan a tu madre –Alfredo sonríe viendo ruborizarse al hijo–. Pero no es bueno descubrir que se conocen los secretos de otro.

—Me parece, cariño, que tus padres son mucho más listos que tú. ¿Sabías que nuestro hijo esconde cuadernos llenos de dibujos, palabras recién descubiertas y proyectos de historias?

—¿Eduardo?

—El mismo, aunque él sueña con otros tesoros...

—Quiere ser escritor –termina Aurelia.

Rocío suelta una carcajada. Desde que la conoció, imagina poderes en su suegra similares a los atribuidos a las meigas gallegas.

—El único que no se entera de nada es el menda –y Nicanor no puede evitar sentirse algo ridículo.

—No es eso, hombre, es que tú te fijas en otras cosas. Nadie mejor que tú sabe cuándo Eduardo necesita contar algo y no encuentra las palabras.

—¡Eso, consuélame! De todas formas, no sé si el pequeño estará preparado para las historias del tío Juan.

—Créeme, los niños son los seres mejor preparados del mundo para entender los misterios del alma humana. Aún están cerca del limbo de donde todos venimos, aún les quedan chispitas de magia que vamos perdiendo con los años... Para recuperar algunas migajas en la vejez.

La última frase la pronuncia Aurelia mirando a su hijo como si buscase en ese rostro adulto la cara encendida del niño que dibujaba continentes imaginarios hundidos y repletos de tesoros.

—De todos modos... –y hace ademán de levantarse.

—Espera un poco, hombre, aún no le has dado tiempo para poner sus notas en el cuaderno –añade Rocío.

—¿Te acuerdas de Sergio, el afilador? –pregunta Alfredo.

—¿El loco?

—Eso decían.

Rocío, tan amante como su hijo de las historias, apoya los codos sobre la mesa y la barbilla sobre las palmas abiertas de las manos, dispuesta para escuchar. Ese mes en el pueblo ha terminado por convertirse en un recorrido sobre todas las historias guardadas en la memoria de los abuelos. Eduardo, con el mayor sigilo, ha llegado hasta la cocina y se queda sentado en el suelo, medio oculto por la puerta. Si se prepara «un sucedido para mayores», no quiere perdérselo.

—Recuerdo que todos los niños perseguíamos su bicicleta gritándole y lanzándole piedras... ¿Qué fue de su vida?

—Una tarde desapareció. Todos esperábamos que una mañana cualquiera regresara tocando su ocarina y ofreciendo sus servicios para afilar cuchillos y tijeras. Pero no volvió.

—Se lo llevó el mar –afirma Aurelia.

—Mujer, eso es pura leyenda.

—También Marina se ha convertido en una leyenda.

Se produce un momento de silencio, tan profundo que puede oírse el leve siseo de la aguja y la lana convertida en filigrana para otra colcha.

—Bueno, pero eso es lógico, todas las historias de amor con final triste están condenadas a convertirse en una canción, una novela, una leyenda... El amor es la más poderosa epopeya –Rocío se acerca hasta la silla de Aurelia, pasa un brazo por su hombro–. ¿Verdad?

—El amor, el miedo, la muerte... Lo que nos asusta también sirve para acunarnos en forma de cuentos.

—¿El afilador también estaba enamorado? –pregunta Rocío.

—Digamos que era "un amor" diferente –Alfredo retoma el relato mientras lija la cabeza de lobo tallada en un bastón–. La pasión de Sergio era el mar.

—Pero si jamás subió a una lancha, papá. Todos decían que el mar le producía terror.

—No fue pescador, ni subió en su vida a una lancha, por eso se hizo afilador. Pero no era terror, era otra cosa. Yo conozco el caso de oídas, así que pueden darse ciertas exageraciones...

—Vamos, papá, esta tierra es toda ella una exageración. Sigue.

Eduardo no quiere entrar en la cocina. Algunas veces, los adultos fingen no recordar la historia, o la transforman si hay algún niño escuchando. Él no se atrevería a afirmar exagerada la historia del tío Juan; resulta tan solo que las más fascinantes aventuras parecen haber sucedido en ese pueblo. Y además, con gente conocida como protagonista. O la magia se ha concentrado en aquella costa, o, simplemente, las gentes del lugar guardan con más celo la memoria heredada de lo sucedido. Tal vez se deba a la lluvia que obliga a buscar refugio en la cocina; ella mantiene vivos los recuerdos.

—Un día, cuando Sergio era tan pequeño que aún no caminaba bien sobre sus piernas y gateaba como un gato ladrón, desapareció de casa. Todo el pueblo anduvo buscando al niño perdido y temiendo que los lobos lo hubieran comido...

—¿Lobos? –pregunta Rocío.

—Aún los hay, pocos y protegidos, pero quedan. En invierno, cuando el alimento escaseaba en el monte, los lobos bajaban hasta el pueblo en busca de gallinas, una ternera, incluso del puchero llegaban a comer. Eran tantos que, a menudo, las gentes del pueblo organizaban partidas de caza. No resultaba tan descabellado pensar que al pequeño se lo hubieran zampado los lobos.

—¿Era invierno? –pregunta Nicanor.

—Eso era lo raro, fue en un mes como este y no se había escuchado el aullido de los lobos. También podía haber caído por algún barranco... El caso es que todo el pueblo se lanzó a la búsqueda del pequeño Sergio. Dos días sin encontrar al niño y temiendo lo peor. Al final, cuando ya se habían perdido las esperanzas de encontrarlo vivo, el rapaz apareció donde menos esperaban: estaba tranquilamente sentado en una pequeña atalaya de la playa, muy cerca de la casa del tío Juan. ¡Y hablando con el mar!

—¿Por eso lo trataron como a un loco? –pregunta Rocío–. A mí me parece un comportamiento bastante lógico en un niño. Hombre, un poco rarito, si queréis, pero no para cargarlo con el estigma de la locura.

—Nadie lo tachó de loco por eso, Rocío. El niño creció de manera tan normal como cualquier otro crío, con la única diferencia de que, siempre que podía, se perdía por la playa y hablaba con el mar como si pudieran entenderse.

—Lo dicho, conozco rarezas peores –afirma Rocío.

—Pero la gente teme al diferente, y una mala mañana, cuando el rapaz ya andaba por lo seis o siete años, se le ocurrió empezar a decir que durante dos días no debía salir ninguna lancha al mar. El chico lo decía convencido a todo el mundo: «No se debe molestar al mar durante dos días, puede ser muy peligroso, alguno morirá». No había ninguna señal que anunciase tormentas, los marineros más viejos del lugar reconocieron el cielo y el vuelo de las gaviotas para afirmar que habría calma durante varios días. Se lo tomaron como un capricho del niño que hablaba con el mar; «cosas de *nenos*».

—Y, claro, salieron –afirma Nicanor.

—El día que no se pescaba no se comía, hijo. Incluso oliendo la tormenta, los hombres salían a faenar; si desafiaban al mal tiempo, con más razón a un niño. Salieron, como siempre, y sin presagios de una desgracia.

—¿Qué pasó? –pregunta Rocío con la misma expresión de su hijo Eduardo en la cara.

—Una de las lanchas naufragó. Murieron tres hombres. Los naufragios no son una excepción, el mar se cobra su tributo de vez en cuando, y las gentes que viven de sus entrañas saben que, un día u otro, pueden ser ellos los elegidos. No, no fue eso lo extraño...

Alfredo hace una pausa un poco más larga. Eduardo reconoce en ese silencio el preámbulo para el desenlace de la fatalidad. Contar historias es un asunto mucho más complicado de lo que pueda parecer y se necesita todo un arte de interpretación para ganarse la atención del público, para suspender el presente y transportar a los oyentes a otro espacio, a otro momento. Sus abuelos y el tío Juan son los mejores narradores del mundo.

—Lo raro es que ni antes ni después hubo tormenta, ni una nube en el cielo, ni un mal augurio, ni siquiera un pequeño atisbo de mar picada. Nada. Salvo que, como si un poderoso brazo la levantase, del mar surgió una inmensa ola que se tragó la barca sin que asomase a la superficie ni un pequeño rastro de la misma... Una ola, solo una, y el mar recobró la calma como si aquello hubiera sido una equivocación. Cuando regresaron, todos fueron a ver al pequeño Sergio, con rabia, como si él hubiera sido el responsable.

—¡Pobre niño! –exclama Rocío.

—Sergio se limitó a decir que la mar le había avisado: alguien tenía que pagar el tributo por regalar el alimento a los pescadores. Si hubieran dejado pasar esos dos días, la mar habría buscado marineros en otro lugar.

—Pues tendrían que haberle estado agradecidos, ¿no? –pregunta Rocío.

—Ya lo he dicho antes: lo que más se teme es aquello que no se comprende. Que un niño lograra descifrar el lenguaje de las olas era cosa de brujería. Por suerte para Sergio, su madre logró protegerlo del miedo de los vecinos durante años, y vivió apartado de todos. Si hubiera querido ser marinero, tendría que haberse buscado otro pueblo, nadie de aquí se hubiera atrevido a pescar con quien era capaz de conversar con las olas, pero Sergio se limitó a mirar al mar y supongo que a comunicarse con él en silencio. Se hizo afilador y buscó siempre los pueblos del interior para vivir: se alejó del mar todo lo que pudo.

—De vez en cuando regresaba –dice Nicanor.

—Sí, primero para ver a su madre; cuando

ella murió, supongo que lo arrastraba hasta el pueblo la nostalgia, o la costumbre.

—Fue entonces cuando yo lo conocí –dice Nicanor–. Me parecía un hombre viejísimo, vestido con la misma gabardina anticuada y no demasiado limpia. El loco.

—El loco –termina Aurelia–. A todos los diferentes les ponemos algún cartel, supongo que para tranquilizarnos.

—Y un día no regresó. ¡Esta es la historia de Sergio! –concluye Alfredo.

Eduardo sube a su cuarto y espera a que vayan a buscarlo. Tiene la impresión de estar viviendo dentro de un interminable libro de cuentos, todas las historias van surgiendo encadenadas, como si un larguísimo hilo de plata y memoria las tuviera suspendidas en algún lugar, a la espera de que alguién las recuerde, dé un tirón al hilo y, ¡zas!, reviva de nuevo lo sucedido.

—¿Tienes hambre?

—¡Uff, de lobo, papá!

—¿Qué tal con el tío Juan?

—Me parece un tipo estupendo. Con todo lo que ha vivido, debería hacer películas. Serían unos guiones para *rayar.*

—¿Rayar?

—De locura, hombre, o sea, que te rayas.

—No sería mala idea que nos fueras escribiendo un diccionario para todas esas palabras.

—También yo necesito otro para las de los abuelos o las del tío Juan. Cuando eras niño, ¿no *colabais* algún código?

—Te creerás que sois los únicos. No señor, todos hemos conocido "códigos", supongo que forma parte del aprendizaje. Lo que sucede es que son flores de estación corta.

—¡Jo, pareces un mal poeta!

—Anda, baja a cenar, porque uno empieza por ser mal poeta y termina siendo un ogro.

En algunos momentos, Eduardo echa en falta a los amigos, y últimamente se acuerda mucho de Mirta. Antes de viajar al pueblo, siempre pensaba que era un "mal rollo", porque ni tenía primos, ni era muy dado a hacer amistades entre los turistas de las playas. Claro que luego estaban las historias. «Mejor que el cine», decía después a sus amigos. En septiembre, él volverá a ser alguien importante cargado con fabulosas historias, y mucho más este año, con la historia del pulpo negro.

—Si tuviera una foto del pulpo...

11

SE despierta pronto, mucho antes que sus padres, aunque la abuela lleva tiempo dando vueltas por la cocina y el abuelo ha salido una hora antes a buscar madera para otro bastón.

—¡Qué bien huele!

El chico cierra los ojos para sentir con más intensidad el aroma a chocolate. Esa cocina se parece a la guarida de los magos: sirve para navegar al corazón de historias increíbles y se llena durante las mañanas con todos los posibles perfumes de los alimentos.

—Son delicias de chocolate... –Aurelia se acerca a la mesa y levanta el paño que cubre una fuente–. Y el mejor y más pobre de todos los dulces: *antroido*.

Una enorme bola de color amarillento surge ante los ojos asombrados del chico. Jamás ha visto algo semejante. Lo mejor viene cuando su abuela corta un trozo de la misma, como si fuera una rodaja de melón, y se lo ofrece. Jamás ha probado algo parecido.

—¡Jo! ¿Qué es?

—Permíteme que conserve el secreto. Algún día te daré la receta y te sorprenderás de su sencillez y de la gloria de las cosas más humildes... De momento, limítate a comer. Ya verás la cara que pone el tío Juan. No es algo que yo cocine a menudo. Claro que hoy será un día muy especial, ¿verdad?

Eduardo mueve afirmativamente la cabeza. Con suerte, hoy conocerá la venganza de Juan contra el diablo marino.

—¿Se habrá levantado ya? –pregunta el niño.

—Seguro que ya se ha tomado tres tazas de café.

Sale de la casa apretando contra su pecho la caja repleta de magdalenas y delicias de chocolate, amén de un un buen trozo de esa bola amarillenta que su abuela ha llamado *antroido*. No sigue el camino de todos los días, cruzando en diagonal hasta la casa del tío Juan. Decide dar un ligero rodeo y llegar hasta la playa. Demasiado temprano para que haya bañistas, tan solo las gaviotas pasean por la orilla, dejando regueros de huellas triangulares. Escucha el rumor de las olas intentando descifrar el lenguaje del mar, pero sucede lo mismo que cuando coloca una caracola contra su oreja: solo un rumor constante e impreciso, sin traducción. Envidia el poder de Sergio y se pregunta si habrá alguien, en ese mismo momento, en algún lugar del mundo, conversando con las olas; si habrá algún marinero, en algún punto del océano, presintiendo la aparición de un inmenso pulpo negro. Pasa mucho tiempo adormecido por el oleaje y los graznidos de las gaviotas.

Ignora la hora, en vacaciones su padre deja los relojes en casa. Sonríe imaginando que pudiera pararse el tiempo con tan solo dejar de mirar la hora en cualquier reloj. Claro que, en ese pueblo, algunas personas viven dentro de una burbuja sin horarios, cabalgando a medias sobre el hoy entre el pasado siempre presente en sus historias. Él las escribirá todas, todas cuantas sea capaz de recoger y anotar en su cuaderno verde; todas cuantas sea capaz de sonsacar a sus abuelos o al tío Juan. Para que no se pierdan.

—¿Se te han pegado las sábanas, *neno*?

—¡Qué va! Es que he estado mirando la playa.

—Ten cuidado, el mar es capaz de hechizar a quien lo mira durante mucho tiempo. ¿Qué traes hoy?

—Magdalenas, delicias de chocolate... Y *antroido.*

—¿*Antroido*?

Los ojos del anciano recuperan el brillo de la infancia. Despejan la mesa y Eduardo ha de esperar a que todo el trozo de ese dulce desconocido desaparezca por completo antes de continuar con la historia del pulpo.

—Jo, te lo has zampado todo.

—Es la única tentación que no consigo vencer. ¡Uff, voy a reventar!

—Seguro que don Eladio te lo prohibiría.

—Todos los galenos son unos tristes. Yo no les discuto las razones, que para algo han estudiado, pero estoy demasiado viejo para que me quiten los pocos placeres que me quedan.

Y para dar fe, el anciano prepara uno de esos cigarrillos de liar que luego enciende con el mechero de piedra y mecha.

—¿Volviste?

—¿Adónde?

—A la fosa del pulpo.

El anciano mueve afirmativamente la cabeza.

—¿En qué año sucedió lo de tu hermano?

—En 1940.

El chico intenta hacer cálculos con los dedos; desde aquel día ha pasado más de medio siglo. ¡Una eternidad!

—Después de dar la noticia a mis padres y despedirme de Marina, regresé a Coruña en busca de un pesquero con destino al Gran Sol. Durante cuatro años hice todas las temporadas de pesca, sin descanso, sin regresar a casa, sin volver a tropezarme con el diablo. Traté de recoger todas las historias que hablaban del Kraken, de los monstruos marinos que, de vez en vez, aparecen por la borda de los barcos...

Como si también quisiera participar en la historia, el pulpo tatuado en el brazo parece moverse inquieto; Eduardo siente un cosquilleo eléctrico recorriendo su espalda.

—Me lo mandé tatuar para no olvidar mi promesa –dice el tío Juan como si hubiera sentido el mismo temblor de los tentáculos.

—A veces parece que se mueve.

—Se revolverá en el infierno.

El hombre se levanta hasta los fogones y prepara una nueva taza de café. Eduardo piensa que ningún médico le permitiría sus dosis de café, sus cigarrillos, ni siquiera ese dulce de pobres con nombre de fiesta. Claro que el tío Juan no es un hombre corriente: ha peleado con el propio diablo de los mares. Espera pacientemente la conclusión de la venganza.

—Creo en el azar, rapaz, en que hay un destino para cada cosa y nadie puede escapar a lo que está escrito en algún lugar. En julio de 1945, saltándose los miedos a los submarinos y buques de guerra que navegaban en torno a las costas francesas e inglesas, el *Rosa del Mar* embarcaba marinos para ir a faenar al Gran Sol, hasta las islas Feroe. Sentí que todas mis tripas se retorcían dentro de mí, aquel era el pesquero donde trabajábamos cuando a Pablo lo vino a buscar el diablo. El capitán me reconoció. Hablamos toda la noche, antes de partir, sentados frente a una botella de ron en su camarote.

—¿Sabes a quién vas a buscar, Juan?

—Al asesino de mi hermano.

—Bien, muchacho, pues es necesario conocer bien al enemigo si uno se va a enfrentar con la muerte. ¿Qué sabes tú del Kraken?

Me lo quedé mirando. Los marineros hablaban en voz baja de la gran serpiente o de las sirenas que los enloquecen, pero a media voz, formando parte de las epopeyas que se cuentan en las noches de luna turbia, acodados en las tabernas de los puertos. Los oficiales, los capitanes, nunca entraban en esos cuentos: leyendas para entretener las esperas. Sin embargo, era el propio capitán, Rogelio Piñán, respetado por todos, quien me avisaba del Kraken. Debí poner cara de lelo.

—Yo también lo he visto, Juan. Que no se hable de las cosas no quiere decir que uno no las haya padecido. Hace años estuve a punto de perder mi barco entre el abrazo de sus tentáculos.

—¿Qué necesito saber?

—Para empezar, que no es frecuente ver asomarse a la superficie a semejante engendro; sabemos que existen porque alguien los ha visto o por las señales de lucha sobre los lomos de algunos cachalotes capturados. Puede que nunca más vuelva a salir a la superficie cuando tú estés cerca.

—O puede haber cambiado de lugar.

—Eso sería más difícil. Viven en las simas más profundas, en los restos de valles tan profundos que jamás podrán ser vistos por ningún ser humano. Posiblemente por debajo de los diez mil metros. Allí está su casa, entre los bosques de sargazos y la permanente oscuridad que transforma en fluorescentes a sus habitantes.

Recordé el rojo luminoso de sus ojos como brasas encendidas.

—Entonces...

—¿Crees que anda esperándote?

—¿Quién sabe?

—Ya. Hay más cosas que debes saber, Juan. ¿De qué color era?

—Negro, negro como el fondo de una cueva. ¿Por qué?

—Los pulpos tienen la capacidad de cambiar su color; depende de su estado anímico, de que huyan, o sientan temor... Tu Kraken estaba lleno de ira. El Gran Pulpo es el más agresivo de los pobladores del mar, mucho más que el peor de los tiburones. Si llegas a enfrentarte a él, debes intentar alcanzar sus tres corazones antes de que suelte sobre ti un chorro de veneno que te paralice...

—¿Veneno?

—Los pulpos tienen un saco de veneno para paralizar a sus víctimas. No olvides que, si las superan en tamaño, tendrán que matarlas asfixiándolas, y para eso necesitan tenerlas inmovilizadas...

—Tres corazones, veneno... Se parecen poco a los pulpos de nuestras costas, capitán.

—Son de la misma especie, Juan, pero el Kraken tuvo que adaptarse a un medio de vida diferente y su única defensa consistió en aumentar su tamaño

y adaptar sus ojos a las tinieblas. Por lo demás, todos ellos tienen tres corazones y un estómago primitivo que come y deglute por el mismo lugar, sin darle posibilidades de almacenar alimento. Saben defenderse y conocen el poder de sus tentáculos; tan solo si se ven muy acorralados sueltan tinta para facilitar la huida.

—¿Con qué puedo enfrentarme a él?

—Si vas a hacerlo, mejor como lo harían los más viejos marineros de los mares: con un arpón y un hacha.

—¿Y una buena red?

—Podrías acabar tú enredado en ella; además, un pulpo es capaz de traspasar agujeros increíblemente pequeños, como si su cuerpo fuera de goma líquida. ¿Vas a enfrentarte solo?

—La deuda es mía, capitán.

—Pues espero que no asome de nuevo sus tentáculos.

—Todo eso de los corazones, la tinta y el cuerpo de goma líquida, ¿es verdad?

—Totalmente, Eduardo. El Gran Pulpo no era una leyenda construida en sombras, sino un animal con biología, con armas para defenderse y atacar... Con tres corazones.

—¡Caray!

Al chico le parece escuchar el latido de tres potentes corazones al unísono sobre sus cabezas.

—Zarpamos. Rezé para que aquel fuera el viaje del encuentro, el capitán deseaba no volver a ver cerca de su barco al monstruo. Faenamos con normalidad en torno a la fosa que rodea las Feroe. Era el mismo lugar donde perdí a Pablo. Comenzábamos la temporada lo más al Norte que podíamos para ir bajando a medida que los hielos nos iban cercando... Creí que en aquel viaje tampoco encontraría al diablo. La madrugada del 6 de agosto noté en la niebla que nos rodeaba algo diferente. No sabría explicarte aquella especie de aviso; con los años, los navegantes aprendemos a sentir en nuestra piel cualquier cambio en el mar, y había un silencio especial rodeándonos...

Eduardo trató de imaginar la pequeñez del *Rosa del Mar* en medio del océano y la niebla, flotando sobre una fosa marina cuya profundidad desconocían.

—Pedí permiso al capitán para salir con una de las lanchas. No quería, pero mi argumento fue definitivo: algo me decía que aquel era el día. Si el Kraken aparecía, elegiría la presa más fácil, y esa sería la lancha, con lo cual quedaba a salvo el barco. La venganza solo me correspondía a mí. Al final cedió y subí armado con dos arpones cortos y un hacha.

«Como los pescadores primitivos», pensó Eduardo.

—Me alejé del barco todo cuanto pude y esperé. Me rodeaba una extraña calma, tanta que incluso llegué a dormitar sin soltar el arpón de mi mano derecha. De pronto, algo rozó la panza de la lancha, que se balanceó sin llegar a voltear. Apreté los dientes e intenté divisar el lugar por donde aparecería el gigante. Estaba seguro de que era él.

Un hombre apenas armado, flotando sobre el cascarón frágil de una lancha.

—De pronto, un enorme tentáculo negro se abrazó a la proa de la lancha. Con el hacha en mi mano izquierda, intenté cortarlo; no lo logré, pero sí conseguí enfurecerlo y me topé con sus ojos encendidos a dos palmos de mi nariz. Ni siquiera pensé, mis músculos actuaban por su cuenta y el arpón en mi mano derecha buscó uno de sus corazones... Debí de acertar, porque un inmenso chorro de tinta me bañó y el monstruo desapareció llevando el arpón clavado en su cuerpo y dejando un torbellino de aguas revueltas que zarandeaban la barca.

Eduardo tiene la boca abierta, los ojos desorbitados y el corazón desbocado. Casi le parece sentir la presencia del diablo en esa cocina de la cual ha desaparecido el olor de los dulces para inundarse de un fuerte aroma a algas y sal. El pulpo tatuado brilla ahora con luz propia en el brazo del tío Juan, como si se retorciera con el dolor de aquel arpón partiendo uno de sus corazones.

—Regresé al barco. La niebla les había impedido ver aquel primer combate, pero todos sabían que el Gran Pulpo merodeaba por mi lancha. Volvería porque un pulpo jamás desiste, todos lo sabían. Pedí al capitán que alejara el barco del lugar, que se acercaran a las islas Feroe y esperaran dos días; después podían regresar a buscarme, en el caso de que hubiera sobrevivido. Si no me encontraban, el capitán contaría a mis padres que había ido a reunirme con Pablo... Al principio, Rogelio Piñán se resistía, pero debió comprobar que nada me haría desistir, así que me dio tres arpones más, algunos víveres y un abrazo como despedida. Cuando lo abracé, pensé que nunca volvería a verlo.

El chico trata de imaginarse la despedida mientras siente que toda su piel se eriza y una corriente de frío, como la niebla helada del remoto Gran Sol, recorre su espalda.

—Intenté colocarme en el mismo lugar donde nos habíamos encontrado el diablo y yo. Y esperé. No sabría decir cuánto tiempo tardó en regresar, tal vez fueron minutos, tal vez horas... Imposible saber si era mañana, tarde o noche cerrada, porque flotaba dentro de una nube húmeda y pegajosa de niebla. Apareció, asomó su enorme cabeza a mis espaldas y juraría que sus ojos como hogueras trataban de frenar el latido de mi corazón. En uno de los suyos permanecía clavado el arpón que le había lanzado.

Juan guarda silencio, carraspea y busca en los bolsillos del pantalón la petaca de picadura. Sus manos tiemblan al liar el cigarrillo, y cuando la mecha prende, brilla en la cocina como uno de los ojos del Kraken. Eduardo trata de controlar su impaciencia por saber cómo había sido derrotado el diablo.

—Mira –dice el hombre mostrando el brazo del tatuaje–. Mira bien aquí –y señala justo el lugar donde debían estar los ojos–. ¿Lo ves?

El chico trata de ajustar la mirada sobre ese

punto, sin lograr ver nada. Tío Juan se levanta, revuelve en uno de los cajones hasta encontrar una vela, la enciende y pone la llama casi sobre el lugar señalado del brazo.

Eduardo no puede evitar un grito que trata de frenar tapando con sus manos la boca: justo donde la luz señala la cabeza del pulpo, bajo el tatuaje puede verse una cicatriz en forma de círculo, de unos tres centímetros de diámetro.

—¿Te la hizo él?

—Fue como si una boca de vampiro hubiera mordido mi brazo. El dolor era tan fuerte que ni pensé lo que hacía cuando corté aquel tentáculo con el hacha. No me hubiera importado perder el brazo si me libraba del mordisco. Eso enfureció al Kraken, que zarandeó la lancha hasta volcarla... Dentro del agua, yo era presa fácil. Sin entender bien cómo, me enrosqué en el casco volteado como si fuera un pollo dentro del cascarón de su huevo, mientras los brazos del pulpo apretaban la madera, que iba cediendo y crujía a punto de quebrarse. Tenía que actuar con rapidez mientras retenía el aire en mis pulmones. No me quedaba mucho tiempo.

¿Cuánta fuerza pueden contener nuestro cuerpo y nuestra mente cuando nos jugamos la vida en unos segundos? ¿Qué podía hacer un pescador solitario, protegido por la madera de una pequeña barca, en mitad de las aguas heladas y abrazado por un gigantesco pulpo negro?

—Cuando pude ver, entre sombras, que la quilla se quebraba por encima de mi cabeza, lancé mi brazo a través de las astillas armado con el segundo arpón. Él tenía la fuerza, yo necesitaba rapidez y astucia para contrarrestarla...

—¿Sin respirar?

—Tardo más en contártelo que el tiempo total que transcurrió desde que volteó la lancha y crujió astillada. Verás, se trataba de aprovechar el impulso de las propias astillas, mi velocidad al lanzarme sobre su cuerpo y rezar para que el arpón lo atravesara... Y acerté de nuevo. Un chorro de tinta negra me envolvió dejándome ciego mientras intentaba encontrar aire para mis pulmones, pero me había enganchado una pierna y tiraba de mí hacia el abismo donde habitaba.

Juan se arremanga el pantalón dejando al descubierto su pantorrilla izquierda, donde una cicatriz rosada en forma de relámpago da fe de aquel intento para arrastrarlo al fondo marino.

—Había perdido el hacha, solo me quedaba un arpón, así que la emprendí a golpes con aquel tentáculo hasta que logré librarme de él. Mis pulmones estaban a punto de reventar cuando logré inyectarles un poco de aire.

—¿Estaba muerto...?

—No muere tan fácilmente el demonio, rapaz.

Y el hombre se frota la herida de la pierna como si aún le estuviera sangrando allá, en las gélidas aguas del Gran Sol, más al Norte del paralelo 60.

—Pero estabas solo, sin armas, sin lancha...

—Eso creí cuando traté de aferrarme a los restos de la lancha. Mis compañeros no regresarían hasta dos días más tarde. Para entonces, si el Kraken no me llevaba en su estómago, el frío terminaría con mi vida.

Imposible hacerse una idea. Eduardo siente frío, mucho frío.

—El destino juega sus cartas como le parece bien, y cuando ya me despedía de la vida... También de Marina..., escuché cómo alguien gritaba mi nombre a través de la niebla: ¡Juan...! ¡Juan! Durante un segundo, creí que Dios me reclamaba. No era Dios, sino el bueno de Rogelio Piñán. En cuanto viraron en dirección a puerto, el capitán mandó preparar otra de las lanchas, dejó al primer oficial al mando, con órdenes de regresar al cabo de dos días, y remó en mi busca. Las gentes del mar formamos una inmensa cofradía; ahí radica nuestra fuerza ante el poder de los océanos.

—¿Y el pulpo?

—Ese esperó durante toda la noche. Una noche larga como la primera noche de todos los tiempos... Allí estábamos, dos hombres ateridos y vigilantes. En esos momentos, *neno*, es cuando más se agradece la compañía de otro ser humano.

Un nuevo silencio que esta vez Eduardo no se atreve a romper. Por esa cocina han pasado minutos reales y también las remotas e irreales horas de aquella noche de vigilia y espanto.

—Amanecía, o eso creímos columbrar por entre las hilachas de niebla cuando fuimos atacados de nuevo. Aquel monstruo debía de estar ferozmente hambriento, dolorido y cabreado. Me había convertido, también, en un reto para la bestia. Podía haber huido, buscar comida menos peligrosa, pero... me tenía grabado en el fondo rojo de sus ojos. Mis reflejos no funcionaban bien a causa del cansancio, la falta de sueño y el frío; sin embargo, algo más poderoso que todo me obligó a levantarme sobre una de las tablas de la lancha y lanzar un grito que debió escucharse en el averno. Sin pensarlo, sin medir los riesgos, poniendo en peligro la estabilidad de la lancha y la vida de mi capitán, me abalancé sobre aquel rostro: o me devoraba él, o esta vez asestaría el golpe definitivo en su tercer corazón. No cabía otra posibilidad.

Ni los mejores juegos de realidad virtual pueden llegar a crear ese ambiente tenso que abraza al chico en una cocina y lo arrastra más al Norte del paralelo 60.

—De los segundos que pasaron entonces, curiosamente, no guardo ningún recuerdo. Vividos en blanco. La siguiente imagen es la de un rugido de mil truenos cuando el Kraken se hundió para siempre en su infierno. Después me desmayé. Rogelio Piñan cuidó mi delirio, primero en la lancha, más tarde en el *Rosa del Mar.* Estuve delirando, en el vértice de este mundo y el otro, durante ocho días.

De nuevo el silencio espeso. Un silencio más largo esta vez, para retomar aire y aterrizar en el mundo real, en el suelo de la cocina. Eduardo tardará años en asociar esa fecha del combate con otro combate menos humano, sin heroísmo. Pero eso tendrá que esperar.

12

SIN que ellos se hayan dado cuenta, Aurelia escucha el final de la historia desde la puerta entreabierta, dejando que una lágrima de luto resbale por sus mejillas.

—Juan –murmura Aurelia sin atreverse a alejar del maleficio a los dos encantados de la cocina–. Juan.

No es una llamada, es un nombre de consuelo, al igual que las madres susurran el nombre de sus hijos sobre sus frentes enfebrecidas para aliviarles la quemazón y, sobre todo, para recordarles que los aguardan a esta orilla de la fiebre.

—Abuela.

No ha sido el anciano, sino Eduardo, quien ha escuchado el reclamo y ha girado su rostro cubierto de lágrimas hasta la mujer.

—¿Tenéis hambre? –pregunta Aurelia, tal vez para regresar a una cierta normalidad, totalmente perdida entre las sombras de esa cocina donde flota un inmenso pulpo negro, hambriento para el resto de la eternidad, atrapado por tres arpones que traspasan sus tres corazones.

—Antes de irte, quiero regalarte algo.

Las palabras del tío Juan suenan a despedida. Eduardo nota un vuelco en su pecho. El hombre camina hasta el cuarto, manotea sobre el arcón para librarlo del polvo y las telarañas que solo él es capaz de ver, abre su cierre de bronce, rebusca en su interior y extrae una caja de madera basta, sin pulir, sin adornos. La abraza como si fuera un niño y regresa con ella hasta la cocina. La coloca sobre la mesa y la abre.

—Es un nocturlabio –dice a modo de presentación.

Eduardo abre los ojos como platos y contempla una rara esfera dorada desde cuyo centro sale una regleta terminada en punta y preciosamente labrada en uno de sus bordes.

—Una joya, rapaz, fabricada a principios del siglo XVI por el maestro físico, matemático y astrónomo Frisius de Lovaina. En aquellos tiempos, los mares se abrieron a los imperios y los emperadores pagaban a los mejores matemáticos, geógrafos, físicos, astrónomos..., para que fabricaran instrumentos capaces de facilitar la navegación.

—Pero... –Aurelia trata de impedir el regalo por desmesurado.

—Es una herencia que busca al mejor heredero –y el tío Juan mueve las manos frente a su rostro para impedir las protestas–. Yo lo heredé del capitán Rogelio Piñán, cuando nos despedimos en A Coruña tras mi último viaje con él. Se retiró de los barcos y los mares tras el combate con el Gran Pulpo. Por alguna razón, creyó que yo era el mejor depositario. «Déjalo a quien necesite no perderse en la noche, Juan». Eso me dijo. Ahora –y mira a Eduardo con la intensidad de las tormentas– te servirá a ti.

—¿Qué es?

—Un trasnochado instrumento –suelta una carcajada que es atajada por la tos–. Sobre todo en estos tiempos de ordenadores. Sirve para saber las horas en las noches marinas. Basta con que brille una estrella que le sirva como referencia... Imagino que tendrá otros poderes, así que espero te sea útil para no perderte en otras noches.

El chico apenas entiende nada. Guarda las palabras en su interior como se guardan los tesoros y las gotas de lluvia en los naufragios. Algún día, está seguro, lo entenderá todo.

—Y ahora, mejor os vais a casa. Estoy cansado.

Aurelia pasa un brazo por el hombro de su nieto y lo ayuda a salir del trance y de la casa. El tío Juan le ha regalado la inquietante historia del Kraken y le regala la posibilidad de otras muchas... Es el hilo de plata que ata las vidas, los sucesos y la magia, un hilo de plata fabricado con palabras y prendido en todas las memorias. Imagina la vida como un inmenso arcón lleno de imágenes prendidas unas a otras: cada vez que una instantánea asoma por el borde, lleva atrapada otra que espera su turno.

—Un hilo de palabras –musita, y su abuela no quiere preguntar a qué se refiere.

El sol brilla en hilachas rojas por entre azules oscuros. Por el aire viajan los graznidos de las gaviotas y el perfume del mar. Los dos caminan despacio, sin hablar, sin encontrar el modo de romper el nudo que ata sus gargantas. Eduardo sabe entonces que ha escuchado "La Historia", con mayúsculas, del tío Juan. Puede relatarle cientos de aventuras, pero ninguna será carne de su carne como aquella terrible lucha contra el diablo en las heladas aguas del Gran Sol, más al Norte del paralelo 60. Cada ser humano tiene "una" historia que envuelve sus entrañas al igual que un alma añadida, adquirida por el simple hecho de vivir.

Piensa que también el capitán Rogelio Piñán tendrá la suya, tal vez vinculada al nocturlabio que ahora aprieta contra su pecho. Él no podrá escucharla, pero algún día, guiado por el instrumento heredado, llegará a novelarla.

Se promete a sí mismo, en silencio y con la solemnidad debida a las decisiones capaces de decidir el futuro, que el resto de su vida lo dedicará a buscar las historias ocultas en el alma del mundo. Todas las que pueda.

Cuando se acercan a la casa escuchan el sonido del acordeón. Una triste habanera los recibe.

—¡Es el abuelo! –grita Eduardo.

—Años llevaba sin tocar. Creo que la última vez fue cuando naciste tú.

Eduardo no pregunta más. Los dos permanecen quietos mientras las notas de la habanera que habla de despedidas en el puerto cruzan el aire.

—Tu abuelo debe de saber que hoy es el día de otro nacimiento.

El chico piensa que los viejos suelen caminar varios pasos por delante, aunque no presuman de sabios. Jamás olvidará aquel día de julio del año 2002, cuando el gigante bueno ha olvidado sus lágrimas bajo el manzano de los olvidos para regalarle el más inquietante de los relatos junto con el nocturlabio... Además, en el recuerdo, la fecha tendrá el sabor de una habanera tocada por un viejo acordeón de teclas amarillentas.

En el viaje de vuelta, como por casualidad, Nicanor recuerda aquel cuento del gigante que lloraba bajo un manzano.

Si te ha gustado este libro, también te gustarán:

Y más allá, el mar, de Marjaleena Lembcke

El Barco de Vapor (Serie Roja), núm. 125

Leena acompaña a su padre en un largo viaje hacia el norte: a Hammerfest; según el atlas, la ciudad más septentrional del mundo. Un encuentro con el mar, con la desconocida tierra finlandesa y con alguien muy cercano que Leena ni siquiera sabía que existía.

A bordo de 'El Vagabundo', de Sharon Creech

El Barco de Vapor (Serie Roja), núm. 140

Sophie, que tiene trece años, es la única chica de la variopinta tripulación de *El Vagabundo*. Junto con sus tres tíos y sus dos primos, está a punto de emprender una gran aventura, que la llevará a atravesar el océano Atlántico desde Connecticut (Estados Unidos) hasta Inglaterra, para llegar a casa de Bompie, su querido abuelo.

Las raíces de Kit, de David Almond

El Barco de Vapor (Serie Roja), núm. 145

«En Stoneygate había un terreno baldío. Era un espacio sin vegetación entre las casas y el río, donde había estado la vieja mina. Ese era el lugar en el que jugábamos al juego de Askew, el juego llamado Muerte. Cada día era uno diferente el que moría...».